Les mots des hommes

Macha Méril

Les mots des hommes

ROMAN

Albin Michel

1

– ENTRE.

Il reste sur le pas de la porte.

J'ouvre grand pour ménager un plus large passage :

– C'est gentil d'être venu.

Il entre avec précaution comme si les murs, les meubles pouvaient le brûler.

– Je suis un peu ému.

Faut-il se serrer la main, ou s'embrasser ? Nous ne faisons ni l'un ni l'autre.

Il me suit dans le salon. Je m'assieds. Il s'assied sur une chaise en face de moi. Un silence. Il dit :

– Tu n'as pas changé.

– Ne te crois pas obligé à ce genre de politesse. J'ai beaucoup changé.

Un silence. Il observe mes mains. Le ruban rouge au revers de ma veste. Je devance sa question.

– Je ne sais pas pourquoi on me l'a donnée. Je t'assure. Je ne l'ai pas demandée.

– Ça te va bien. (Un silence.) Quarante ans, n'est-ce pas, ça fait quarante ans ?

– À peu près.

– Tu étais une jeune fille bouleversante pour l'apprenti que j'étais. Bouleversante, c'est le mot.

– Moi aussi, j'ai été ébranlée par notre... J'allais dire notre amour. C'est un mot qu'on a du mal à prononcer, n'est-ce pas, après tant d'années. Je ne veux pas te brusquer.

– Je suis là, tu m'as déjà brusqué...

– Ce qui m'a marquée de manière indélébile, ce fut notre séparation. J'ai fait ma vie, j'ai aimé, j'ai été aimée, mais j'ai conservé de ce temps-là une phobie du départ, de l'au revoir. Je suis hantée par la fin des choses, non par la mort, qui est définitive, mais les petites morts successives qui restent en nous pour toujours. De mes amours, je me souviens principalement des séparations. Je suis un empilement de séparations. Tu es le premier homme qui m'a quittée. Il y en a eu d'autres, mais tu as été le premier. Depuis, je redoute les ruptures, les adieux. Je guette outre mesure les signaux de la fin d'un amour. Je finis même par la précipiter, de crainte qu'elle me surprenne. J'ai écrit un livre pour mieux comprendre, pour décortiquer ma vie au scalpel. Mais cela n'a pas suffi. Une part d'obscurité demeure. J'ai besoin de savoir ce que *tu* as vécu près de moi. Je me souviens de ce que tu disais. Pas de ce que tu ne disais pas. On ne dit pas tout. L'éventualité d'une rupture sonne l'heure des mensonges. On ment à l'autre et à soi-même. Il faut en finir, huiler les instants odieux qui s'annoncent. On use de fausse sincérité, de diplomatie canaille, de larmes. Pour ne pas souffrir, pour ne pas faire souffrir ou pour ne pas perdre la face. Les derniers souvenirs recouvrent tous les autres. Ils embrument la vérité pour toujours. Charles, le temps a fait son œuvre, la douleur est passée, il y a prescription, nous pouvons en parler maintenant, non ?

– Je me doutais que tu m'interrogerais sur le passé. Un passé lointain, mais fondamental. Les premières affirmations de notre destin. On se définit davantage par ce qu'on refuse que par ce qu'on accepte. Il faut rencontrer son ennemi pour connaître sa voie. Tu étais le diable, je l'ai su dès le premier instant.

– Le diable ! Un diablotin peut-être, bien faible...

– Le diable n'est jamais faible. Il est multiforme, il est subtil, il s'empare d'innocents pour les transformer en lieutenants à son service. En ce sens, oui, tu étais une marionnette du diable.

– Nous avions vingt ans.

– L'âge de la férocité. Il s'agissait d'aiguiller nos trajectoires futures.

– On a plusieurs trajectoires, plusieurs aiguillages. C'est ce que je dis dans mon livre.

– Ton livre ne dit pas tout.

– Donc, tu as lu mon livre.

– Quelqu'un me l'a donné cet été. Je ne l'aurais sans doute pas acheté.

– As-tu été surpris par ce que je dis ?

– Non. Mais je veux te livrer ma version des faits. Je dois te remercier : tu m'as obligé à réfléchir sur cet épisode auquel je n'avais plus pensé.

– Pas vrai. Ton frère, que j'ai rencontré une ou deux fois au cours de ces années, m'a dit que tu parlais de moi.

– Macha, tu es une personne publique. Difficile de ne pas voir ce que tu fais, ici ou là... Ton livre est sincère, je ne discute pas. Le tracé et le style de ta vie sont la démonstration que nous ne pouvions pas nous convenir.

– Le style ?

– Ta recherche du plaisir. De la réussite. Tu sais bien que je me situais ailleurs.

– Tu as tout de même brigué et obtenu des jobs admirablement rémunérés, en faisant jouer les connaissances de ta famille, ta parenté avec...

– Ne me parle pas de lui. Un homme sans foi ni loi. Je n'ai pas pu compter sur lui longtemps.

– En tout cas, tu es entré dans sa banque...

– Pour moi, c'était secondaire. Les moyens de gagner notre vie sont accessoires. Ce n'est pas le cœur du problème.

Il se penche en avant, appuie les bras sur ses genoux écartés, dans une position virile et plébéienne. Il ne dit plus rien. J'attends. Il rompt le silence sans lever les yeux :

– J'avais beaucoup réfléchi à l'amour. La place et le sens de l'amour. Je ne me suis jamais livré à mes pulsions sans tâcher de comprendre. Toute l'affaire n'est-elle pas de conduire sa vie, au lieu d'être conduit par elle ?

– On doit s'adapter, quelquefois.

– Pas en bafouant le sens de notre vie. Au prix de certains sacrifices, c'est vrai. En cela je ressemble à mon grand-père. La chair ne l'oubliait pas, quelque fervent catholique qu'il fût. Il suivait un chemin plus élevé. Quelque chose comme une vocation douloureuse.

– C'est cette « vocation douloureuse » qui te dictait de surveiller fébrilement mes menstruations, de crainte que je sois enceinte ?

– Je ne me souviens pas de cela.

– Tu me questionnais chaque jour. Une idée fixe. Je pensais que tu étais un peu fou.

– Ou très déprimé. Mes études m'épuisaient.

– Tes études, ou la peur que tu sois contraint d'assumer notre relation, face à ta famille ?

– Ma famille n'a jamais eu son mot à dire.

– Ta mère ne m'aimait guère. Une fille d'émigrés, sans le sou...

– Ma mère n'a aimé aucune femme proche de moi. Elle s'est battue contre mon mariage. Mais revenons à nous. Tu sais pourquoi j'ai dû te quitter ?

– La mort dans l'âme, je suppose.

– Si tu ironises constamment, on ne va pas avancer.

– Pardon... Non, je n'ai pas compris pourquoi tu m'as quittée. À l'époque, j'ai été blessée. Mortifiée et blessée.

– J'en suis désolé. Les séparations sont éprouvantes. Mais les mésententes sont encore pires.

Il regarde furtivement sa montre. Un réflexe, on dirait.

– J'étais déchiré. Mon corps te plébiscitait, mais mon âme avait d'autres plans. Ta quête était autre.

Je ravale ma salive avant de demander :

– Qu'est-ce que je cherchais de si insuffisant, à ton avis ?

– Je n'ai pas dit insuffisant. J'ai dit autre.

– Je t'en prie. Nous ne nous sommes pas vus depuis presque quarante ans. Nous ne nous reverrons peut-être plus jamais, alors fais-moi la grâce de parler ouvertement.

Il lève les yeux et m'assène :

– Je ne t'aimais pas. Je ne t'ai jamais aimée. J'étais infatué de toi. Prisonnier. Quelque chose en moi luttait violemment. Je retardais le moment de t'en informer.

– Je n'ai pas le souvenir que tu aies tant souffert dans mes bras. Je ne correspondais peut-être pas à ton image de la Femme idéale, intense et absolue, mais tu étais bien content de me séduire.

– En vérité notre histoire n'a pas eu lieu. Tu commençais ta carrière d'actrice, elle prenait une grande place dans tes préoccupations, elle t'emmènerait loin de l'union prioritaire et sacrée à laquelle j'aspirais avec une femme.

– Pourquoi ? Une actrice n'est pas une femme ?

– Vous dévoilez et nous nous retirons en nous-mêmes, pour mieux appréhender les profondeurs du mystère humain. Ce sont deux chemins opposés. Tout nous divise et nous éloigne de vous.

– Qui, nous ?

– Les personnes qui se cherchent dans la spiritualité. C'est une zone peu fréquentée. C'est ma terre de prédilection.

– C'est là que tu as rencontré ta femme ?

– C'est là.

– Je ne faisais pas le poids, évidemment. Comment vous sentez-vous, maintenant, au bout de ces années de vie commune ?

Il se racle la gorge. Il tourne son alliance nerveusement.

– Nous n'habitons pas ensemble. Elle a une maladie compliquée qui l'oblige à vivre dans des climats chauds. Elle s'est installée en Grèce, dans une île. Nos enfants sont ici. Je les élève. Tu vois, ce n'est pas toujours simple.

– Tu es courageux. C'est drôle, je n'arrive pas à t'imaginer en père de famille. Pour moi tu es l'étudiant de Sciences Po, fringant et raisonneur. J'adorais nos conversations. C'est moi qui étais au spectacle. Tu te donnais beaucoup de mal. Excuse-moi, mais je ne crois pas que tu ne m'aies pas aimée.

– Parce que rien ne doit te résister, pas même le passé.

– Ce que tu dis est bêtement désobligeant. Tu veux te persuader que j'étais idiote et capricieuse ? Une idiote qui t'aurait embobiné, entourloupé, attiré dans les abîmes du stupre et de la vanité ?

– J'ai bien peur qu'on ne puisse s'entendre. Tu aimes la vérité, dis-tu. Je suis venu te la donner. La mienne du moins.

– Ta vérité, si j'ai bien compris, c'est que nous n'étions pas faits l'un pour l'autre, et jusque-là je peux te suivre. Mais que nous n'ayons rien vécu, que cela n'ait pas existé, parce que nous étions sur des planètes différentes, là, excuse-moi, je trouve ça indigne. À quoi te sert de démolir ce qui a été ? Je te dérange tant que cela ?

– Ce qui me dérange, c'est ton outrecuidance. Tu aurais le droit de me critiquer, mais pas moi.

– Vas-y, critique-moi, éreinte-moi, nous sommes là pour cela ! Trouve-moi des griefs, énumère mes erreurs, mes travers. Mais ne dis pas qu'il ne s'est rien passé. Je m'en fiche, aujourd'hui je suis aimée, je m'exprime. Je suis au moment de la somme, de l'examen des choses faites, j'ai le goût de comprendre. Le reste me paraît superflu et, si on me fait souffrir, j'en tire encore des informations sur le monde, et sur moi-même. Tu n'en es pas là, je vois.

– Je n'aurais pas dû venir. On n'explique rien, on ne communique pas, entre les hommes et les femmes. On ne se comprend pas, c'est tout.

– Décidément tu veux cumuler les barrières. Moi, je ne regrette pas de t'avoir revu. Après toutes ces années. Une image nouvelle recouvrira celle que j'avais. Comme le soleil en tournant déroule une ombre froide sur les murs des maisons. Mais je garderai intact le souvenir de notre amour de jeunesse. Je suis triste que tu l'aies effacé. Tant pis, ça te regarde. En me mettant à la poubelle, tu y mets une parcelle de toi-même. Dommage.

Un grand silence embarrassant. Il pourrait être le tremplin d'un renversement de situation. Je sens un bouillonnement dans l'esprit de Charles. Il se redresse dans une tentative de riposte, mais il se lève, il esquisse un sourire perdu, prend congé à mots confus, et sort.

2

– VOUS êtes la deuxième personne que je vois. Ce que j'entreprends peut vous paraître étrange, mais il y va de ma santé morale. Je n'ambitionne rien de moins que d'ajouter de la vérité à la vérité. Ma vérité plus celle des hommes. Les hommes qui ont compté pour moi. Je demande : qu'avons-nous vécu ? Quelle a été notre querelle ? Pourquoi notre relation a-t-elle pris fin ? J'ai écrit un livre pour creuser les sillons de ma mémoire, et j'ai soulevé des questions qui sont restées partiellement sans réponse. J'ai ouvert une brèche. Mon investigation n'est pas close, je ne peux pas la laisser inachevée. Je dois entendre les hommes de ma vie, essayer de retracer leur itinéraire, restituer leur version de notre amour passé. Je prends ce risque, au nom de mes histoires elles-mêmes, pour qu'elles ne souffrent pas de trous noirs, de malentendus déformants, de fausseté.

– Emmanuel ne peut plus vous répondre.

– Je sais. Mais vous êtes là, et je vous remercie d'avoir accepté cette rencontre. Avec une inconnue.

– Oh, vous n'êtes pas une inconnue pour moi !

– J'avais en mémoire une petite photo de vous, sans doute du jour de votre mariage. Vous étiez brune.

La femme qui m'écoute en silence, droite sur la chaise capitonnée de ce salon de thé, a les cheveux poivre et sel, très bouclés. Aucun maquillage n'a effleuré son visage depuis longtemps. Sa voix est légère :

– Oui, j'ai eu de longs cheveux noirs quand j'étais jeune. Emmanuel y tenait beaucoup. Dans les îles, les cheveux sont la première parure, pour les femmes.

– Pour les hommes aussi. Il me semble qu'Emmanuel portait une sorte de queue-de-cheval ?

– À la manière californienne. À cette époque, on admirait les Beach Boys et les chanteurs hippies. Mauritius est reliée à l'Amérique par les océans.

– Emmanuel avait l'air d'un jeune Américain.

– Le sport et le soleil, peut-être...

Je sens qu'elle n'apprécie pas ma définition trop primaire. Je précise :

– Nous ne connaissions pas ce type d'homme, à Paris, en ces années-là. Les garçons avaient l'air de petits vieux, avec leurs chemises et leurs cravates. Ils cherchaient à ressembler à leurs pères.

– Le papa d'Emmanuel était un très bel homme, grand et large d'épaules. Il était breton. Sa maman était russe...

– Je sais. Nous nous sommes connus par ce biais. Mon cousin était son camarade de classe à Janson-de-Sailly. Il lui a parlé de ma famille, de moi. Ils venaient à nos soirées musicales. Nous étions pauvres, mais il y avait beaucoup d'ambiance, à ces soirées russes.

Un silence. Je continue à parler, pour la détendre.

– Que sont-ils devenus, ses parents ?

– Ils sont décédés tous les deux. Emmanuel était leur fils unique. Ils ne s'en sont pas remis.

Elle lève brusquement les yeux, les plante dans les miens pour scruter ce que je sais. J'en déduis que je ne sais pas tout. Je la rassure :

– Je sais peu sur sa disparition.

– De nombreuses hypothèses ont été avancées. Certains font encore des recherches dans les îles environnantes, jusqu'à l'Australie. Des pèlerinages, pourrait-on dire. Manu, nous l'appelions Manu, était très populaire. On n'a pas accepté sa mort. C'est le problème des disparus en mer, tant qu'on n'a pas retrouvé leurs corps.

– On n'a jamais retrouvé le sien ?

– Rien, ni son bateau ni même un morceau de son bateau, rien.

– La mer est vorace.

– Sur nos côtes, elle est imprévisible. Calme pendant des jours, elle est réveillée par les vents en quelques secondes.

– Emmanuel était un marin expert, je crois ?

– Les marins aguerris sont ceux qui prennent le plus de risques. Il défiait la mer quotidiennement.

– Il s'entraînait pour une traversée en solitaire, c'est ça ?

– Il y songeait, il en parlait. Mais il disait tant de choses... Il rêvait beaucoup.

– Vous participiez à ses rêves ?

– Un peu. Au début, quand nous étions fiancés, nous étions très jeunes...

– Avant qu'il vienne finir ses études à Paris ?

– Oui. Nous étions une bande d'enfants privilégiés, l'école le matin, la plage l'après-midi. Nos parents nous offraient des bateaux, des Vespa, des chevaux. Nous étions vraiment gâtés. Nous ne nous rendions pas compte de notre chance. Cette vie-là nous paraissait naturelle.

– Les grands feux, la nuit au bord de l'eau. Les poissons grillés, les chants créoles accompagnés à la guitare. Emmanuel jouait très bien de la guitare. J'étais sous le charme... Son île lui manquait, ses chansons étaient déchirantes, même si je n'en comprenais pas les paroles.

– Il m'écrivait qu'il mourait à petit feu, en France. Il n'en pouvait plus. Il m'a parlé de vous, une fois.

– Ah bon. Que disait-il ?

– Pas grand-chose. Justement. J'aurais dû m'inquiéter. J'étais trop jeune pour m'inquiéter. Nous étions fiancés depuis l'âge de douze ans. Nos parents nous avaient pratiquement mariés, ils étaient amis, voisins et associés. Nos pères étaient armateurs tous les deux.

– Vous étiez destinés à leur obéir...

– Je crois que nous ne nous sommes jamais posé la question. C'était évident. Normal.

– Vous l'aimiez ?

– Si je l'aimais ! Comment pouvait-on ne pas l'aimer ?

Un silence. Elle se tait, soudain absente. Je reprends doucement.

– Vous êtes venue en métropole longtemps après ?

– Pas très longtemps. La vie n'avait plus de sens, là-bas. Mon avenir était étroitement lié à celui d'Emmanuel. Sans lui, sur ce rocher entouré d'eau...

Ses yeux s'embuent. Elle l'aime encore, trente ans après. Il faudra être délicate.

Je me tourne vers elle.

– Vous ne supportiez plus la mer, vous lui en vouliez de vous l'avoir pris.

– Elle me l'avait pris bien avant. Il avait une passion pour son bateau, un nouveau voilier qu'il avait dessiné. Il passait de longs jours à bord.

– Il vous emmenait avec lui ?

– Rarement. Je ne suis pourtant pas mauvaise. Chez nous, on naît le cul dans un bateau. Mais j'ai vite compris qu'il aimait être seul. Ou avec...

Elle se tait, comme si elle en avait trop dit.

– Il n'était pas seul quand il est parti la dernière fois ?

– ... Non. Oscar était avec lui.

– Oscar ?

– Un pêcheur indien avec lequel il avait construit son bateau.

– Oscar aussi a disparu ?

– Oui.

– J'ignorais qu'il n'était pas seul. D'autant plus mystérieux... Ils n'ont pas pu s'en sortir, à deux ?

– Oscar avait un grand défaut. Il était souvent ivre. Et d'autres délires.

– D'autres délires ?

– C'était l'époque du LSD, des poppers et de ces saletés-là. On mettait les produits dans le Coca-Cola, dans des bouteilles de Coca-Cola.

Je suis sans voix. J'arrive à proférer, comme pour moi-même :

– Emmanuel, adepte des paradis artificiels ? Lui si sain, si clair, avec son teint de blond et ses yeux couleur de mer ? Je n'y crois pas.

– Il n'en abusait pas, je pense. Ça l'avait pris, comme ça. Il s'en cachait, mais je l'avais deviné. Ne soyez pas scandalisée, dans beaucoup de domaines nous étions plus libérés que vous.

Elle reprend du poil de la bête. Moi, je suis effondrée.

– Je ne suis pas scandalisée. Juste étonnée. Très étonnée.

– Alors vous n'êtes qu'au début de vos surprises. Dans votre livre, vous racontez qu'il vous avait respectée, et que vous n'aviez pas fait l'amour, parce que vous étiez trop jeune, parce qu'il était fiancé avec moi, parce qu'il savait qu'il repartirait. Tout cela était vrai. Il est rentré l'été suivant, son bac en poche, péniblement obtenu. Nous nous sommes mariés en grande pompe coloniale, orchestre, promenade en bateau avec tous les invités, baignade en robe de mariée pour la baptiser. Nous étions jeunes, beaux, une jolie maison nous attendait sur les collines de Grand Baie, l'avenir s'annonçait comme une partie de plaisir, un itinéraire tracé. Il n'en fut rien. Dès notre nuit de noces, une ombre s'est posée sur nous : Manu ne me désirait pas. Nous avons parlé avec franchise, nous avons mis son impuissance sur le compte de l'émotion, de la fatigue, après les semaines de préparatifs, et les heures oubliées au chantier de l'arsenal au fond de la coque du bateau en construction. Mais les jours passaient et rien ne changeait. Je ne disais rien, je m'étais seulement confiée à ma mère qui me conseillait d'être patiente. Les femmes doivent être patientes. Mais ça ne s'est pas arrangé.

– Vous n'avez jamais...

– Jamais. Nous avons fait quelques tentatives... différentes. Sans succès.

– Pourtant...

– C'est pour cette raison que j'ai accepté de vous voir. J'ai lu votre livre avec plaisir. Vous osez dire ce que bien des femmes cachent, on se demande pourquoi. Le chapitre sur Emmanuel m'a particulièrement touchée, bien sûr. Moi aussi, j'avais besoin de vous parler.

Elle boit une gorgée de thé. Il doit être froid. Je veux la resservir, mais elle m'arrête d'un geste de la main.

– Je n'étais pas au courant de votre idylle à Paris. Il m'avait dit qu'il avait retrouvé une jeune fille russe de l'émigration, parente lointaine par sa mère. Tous les Russes de l'émigration sont parents entre eux. C'est l'impression qu'ils donnent.

– Nous n'étions pas parents. Ma famille était du sud de la Russie.

– Il a précisé que vous étiez une petite fille. Vive, parisienne, mais une enfant. Je n'avais aucun lieu de soupçonner qu'il ait eu un béguin pour vous.

– Pour lui un béguin, peut-être. Pour moi, ma première émotion amoureuse.

– Je l'ai compris dans votre livre. Vous savez où je veux en venir. Il vous a... embrassée, caressée, touchée ? Dites-moi la vérité. Pardonnez-moi ces questions indiscrètes, mais vous comprenez l'importance qu'elles ont pour moi.

– Vous ne vous êtes pas remariée, ensuite ?

– Non. J'avais un travail très prenant, auprès d'enfants handicapés. Je suis orthophoniste. Je n'ai rencontré personne qui me plaise. Et puis les médecins sont toujours mariés quand ils commencent à exercer ! Comment était-il avec vous ?

Son visage implorant me trouble. Je ne sais si je dois répondre.

– Je ne me souviens pas très bien. J'ai peut-être sublimé cette relation, avec le temps.

– Parlez-moi de lui. On ne se libère du passé que quand on sait. Beaucoup d'années se sont écoulées, aidez-moi à clore ce chapitre de ma vie qui est resté béant.

– Vous êtes convaincante. Je ne peux pas vous en vouloir de poursuivre le même combat que moi, celui de la vérité et de la transparence. Dire que j'attendais de vous la lumière sur cette séparation qui m'avait tant peinée ! Que souhaitez-vous savoir ?

– Quand vous étiez seuls ensemble, dans sa chambre je présume, que se passait-il ? Le sentiez-vous attiré ? Avait-il une érection ?

– ... Oui. Il me semble. Je le désirais. J'étais envahie de désir. Ai-je transféré sur lui ma fougue adolescente ? Me repoussait-il sans que je m'en aperçoive ? Vous avez fait naître le doute. J'étais ignorante des choses de l'amour. Avec Emmanuel, je me souviens de baisers, d'embrassades interminables. Sa bouche me plaisait. Ce n'est pas toujours le cas.

– Vous avez plus de souvenirs que moi.

– On ne répète rien, vous savez. Chaque homme est différent. Ce qu'on a appris ne sert à rien. D'ailleurs, qu'y a-t-il à apprendre ? Je hais les cours d'éducation sexuelle que nous débitent régulièrement les grands journaux. Ce ne sont que des mensonges et des attrape-nigauds.

– Manu était très sensuel, par ailleurs, ajoute-t-elle.

– Vous avez beaucoup souffert...

– Après, surtout. Quand j'ai compris que j'étais peut-être fautive.

– Fautive ?

– C'est moi qui n'étais pas désirable.

– Vous étiez ravissante !

– Jolie et banale. Terriblement banale. Il lui fallait quelqu'un de plus exceptionnel. J'en suis sûre, Emmanuel vous a aimée.

– On aime ce qu'on perd. Il renonçait à une catégorie de femmes. C'était une déchirure, dis-je.

– Une déchirure, oui.

– Il a hésité, vous pensez ?

– Non, mais il n'était plus le même, à son retour. L'innocence avait disparu.

– Il avait grandi.

– À Maurice, avant, fort de ses dons et de son beau caractère, il se croyait invincible. Quand il est revenu, il était moins gai, moins libre. Il avait pris la mesure de ses limites. Vous lui avez fait prendre conscience de ses limites.

– Moi ?

– Il a peint ceci, l'été suivant.

Elle sort de son sac une planchette de bois sur laquelle on voit, en superposition d'une mer démontée peinte à l'huile, deux grands yeux clairs qui flottent dans le ciel sombre.

– Ce sont vos yeux, poursuit-elle.

Je suis estomaquée. La ressemblance existe.

– Ce sont des yeux bleus. Beaucoup de gens ont les yeux bleus. Rien n'assure que ce soient les miens.

– C'est votre regard. J'ai été saisie dès que je vous ai vue. Des yeux qui réclament, qui attendent. Des yeux qui ne vous quittent pas.

– Avait-il dit quelque chose à propos de ce tableau ?

– Non. Je l'ai trouvé dans son atelier, après sa mort. Il peignait beaucoup, des paysages fantastiques, des scènes allégoriques, juxtaposées, à la Chagall. Il a même exposé. Mais je n'avais jamais vu ce tableau-là.

– Il se cherchait. C'était un artiste, tout simplement.

– Ma mère me disait cela, pour me consoler.

– À mon tour de vous poser une question indiscrète. A-t-il eu une autre liaison, après votre mariage ?

– Je ne crois pas. Nous connaissions toutes les filles de l'île. Je l'aurais su. Il ne quittait pas ses copains anglais, les skippers avec lesquels il faisait les régates. Et Oscar.

– Vous n'aimiez pas beaucoup cet Oscar.

– Paix à son âme, je le détestais. Je n'aimais pas son allure nonchalante, ses fréquentations. Emmanuel niait qu'il eût des penchants pour la vie entre garçons, mais Oscar s'amusait à le choquer, à le déstabiliser. Les drogues servaient aussi à cela. On pensait que c'était un jeu, à l'époque.

– Vous n'avez pas essayé d'entrer dans ce cercle ?

– Les mœurs étaient assez libres, dans les îles, mais aussi très conventionnelles. Les garçons et les filles sortaient séparément, à l'anglaise. Dans certains clubs, les filles n'étaient pas admises. Vous connaissez l'origine du mot « golf » ? On dit que ces lettres étaient affichées à l'entrée des club-houses, et signifiaient, en initiales : *Gentlemen Only Ladies Forbidden.* (Messieurs Seulement Dames Interdites.) Je ne sais pas si c'est vrai, mais cela reflète bien l'esprit qui régnait.

– Vous sortiez entre filles ?

– Nous allions à des concerts, nous faisions de la danse, du piano, et du karaté. Nous adorions les arts martiaux. C'était le début de l'influence japonaise.

Au fond de son regard, la flamme investigatrice n'est pas éteinte.

– Combien de temps avez-vous... flirté, d'une façon plus poussée, je veux dire.

Je réponds à contrecœur, je voudrais bien mettre un terme à cette conversation fastidieuse.

– Je ne sais plus. Il m'a vite rejetée, en m'expliquant

qu'il m'aimait mais qu'il devait se faire violence, puisqu'il partait dans deux mois, qu'il était fiancé et tout ça... Quand je pleurais, il était très tendre, comme un grand frère.

– Il pleurait, lui ?

– Non. Je ne crois pas. Je ne m'en souviens pas.

– Il était très sensible. Il pleurait facilement. Volontaire aussi. Il ne déviait jamais de ses décisions. Quand il a pris la mer, on avait annoncé des typhons, au large. Il ne tenait pas compte de ce qu'on lui disait. De ce que je lui disais. Il est parti pour rejoindre un rêve. Loin de moi.

3

Chère Madame,

Je viens de terminer le dernier livre que vous avez publié, et j'ai naturellement reconnu mon père dans le personnage de Thierry, bien que vous ayez changé son nom.

Je connaissais votre histoire car il en avait parlé à ma mère, qui me l'a racontée. Papa est décédé prématurément d'une crise cardiaque à sa table de travail, un après-midi de juin, à la campagne. J'avais six ans, on me l'a caché pendant un certain temps, car j'étais très attachée à lui. Nous avions une relation forte, il me disait parfois que je lui avais sauvé la vie. J'ai compris ce qu'il voulait dire beaucoup plus tard, en lisant ses scénarios, et le roman non achevé qu'il écrivait depuis quatre ans.

En rangeant sa bibliothèque, j'ai trouvé un jour cette chemise, et ces quelques pages manuscrites. C'était un synopsis pour un film dont je n'ai jamais entendu parler. Je ne pense pas qu'il ait été tourné, ni vendu à un producteur. Sur la première page, dans la marge, mon père avait écrit au crayon : « Macha. » J'ai donc pensé que ce scénario vous concernait. Je vous en envoie une photocopie, car je tiens à conserver l'original.

J'ai trouvé votre livre instructif et courageux. J'ai vingt-cinq ans, je ne puis me vanter d'un parcours comme le vôtre, mais les quelques relations que j'ai eues avec des hommes m'ont permis de juger de la justesse de vos propos.

En ce qui concerne mon père, j'ai connu quelqu'un de différent, quasiment aux antipodes de l'homme que vous décrivez. Vous avez raison de dire qu'on change au cours de la vie, on se transforme, on se découvre. Mon père ignorait qu'il serait un bon père, attentif et patient. Il me manque beaucoup. On peut rompre avec un amant, pas avec un père. Et on n'oublie rien, n'est-ce pas ?

Je vous souhaite une bonne lecture.

Avec ma considération et ma fidélité au passé de celui qui fut mon père.

Matilda.

Je referme la lettre et je sors les pages d'une grande enveloppe annexe. Quatre feuillets imprimés d'un seul côté.

M., UNE FEMME SANS QUALITÉS.

« Gros plan sur le lobe d'une oreille féminine, la naissance du cou, des cheveux. Une main aux ongles parfaitement vernis détache une boucle d'oreille et la pose sur une table de nuit, dans un cendrier. La caméra suit la boucle d'oreille qui scintille en passant dans la lumière. Dans le cendrier, il y a une seringue vide, et des ampoules décapsulées.

« Une musique des années soixante provenant d'une autre pièce fait chantonner M. mais on entend vite qu'elle pleure en prononçant les paroles de la chanson. Elle avance en titubant jusqu'à la pièce d'où provient la musique et s'écroule au sol avant d'arriver à la porte.

« M. est une star. Elle mène une vie dispendieuse et égoïste en pensant qu'elle n'a rien, qu'elle vit comme une femme quelconque. Elle a commencé sa carrière très jeune, tous les hommes qu'elle a eus étaient reliés à elle par le cinéma, ou par la chanson. Elle est connue dans les deux branches. Elle est d'origine russe, fait usage de son exotisme quand ça l'arrange, et l'oublie quand elle préfère une proximité avec le public français. Un jour cosaque, le lendemain Cendrillon. Ce qui compte, c'est la popularité. Et les cachets qui en découlent.

« Cependant elle a une faille : elle est frigide. Elle incarne la féminité, la sexualité, et elle n'a pas d'orgasmes. Les hommes ne l'attirent pas énormément, elle doit se forcer pour leur faire croire qu'elle les aime. Une enfance difficile, sans père, sans argent, dans une famille démembrée, est sans doute la cause de son enfermement. Elle voudrait bien éprouver les sentiments qu'on lui fait jouer dans ses rôles, mais elle ne ressent rien. Elle cache si bien sa véritable condition qu'elle est devenue une spécialiste du sex-appeal élégant pour lequel elle développe des prouesses d'efficacité et de trouvailles. Personne ne peut soupçonner qu'elle ne connaît rien de ce qu'elle exprime.

« Le film relate les derniers jours de cette femme qui se croit sans qualités, et dont on ne saura pas si elle s'est suicidée, si elle a été assassinée ou si son cœur a tout bonnement lâché, épuisé par les antidépresseurs et les amphétamines. Nous reverrons les mêmes instants, du point de vue des sept personnes qui ont été autour d'elle, comme dans *Rashomon.* Une vérité se dégagera pour le spectateur, de manière presque interactive : on interrompra l'action pour revenir sur des faits, des angles de vue ou des dialogues. Les versions des derniers témoins, menteurs ou muselés, seront montrées dans leur intégralité.

« M. a deux amants. Un homme riche qui la couvre de cadeaux, et un jeune cinéaste sans le sou qui la couvre de bonnes idées de films. Les deux se haïssent et ne se fréquentent pas.

« Une mère souvent absente, très critique de la vie de M. mais peu écoutée.

« Un agent, un homosexuel actif et organisé, fan des stars.

« Un pianiste, une ancienne gloire du classique, qui s'est recyclé dans l'accompagnement des chanteurs.

« Une masseuse, infirmière, nounou et pourvoyeuse de médicaments. Elle vit dans la maison, bien qu'elle ait une famille et des enfants quelque part.

« Tous ont vu.
« Tous savent.
« Chacun a sa version.
« L'un d'eux est peut-être l'assassin. Ou la cause du drame. Ou la seule présence amicale auprès de M.

« Les deux derniers jours de M. se résument en une lutte frénétique pour éviter la catastrophe. Elle vient d'être débarquée d'un film, elle vient de rompre avec ses deux amants car elle a rencontré le Prince Charmant, un homme haut placé qu'elle doit voir en cachette. Mais elle est en train de s'apercevoir qu'il n'a aucune intention de divorcer pour elle, ni de s'afficher en sa compagnie.

« M. se rebelle un soir, sur les conseils de sa masseuse, et pose un ultimatum, en menaçant de se supprimer. Elle a ressenti le désir pour la première fois de sa vie. Mais un secrétaire vient lui remettre une lettre de rupture qui la bouleverse. Jusque-là, c'était elle qui envoyait les lettres de rupture. Cruelle et indifférente.

« Je connais une actrice qui pourrait interpréter ce rôle. Il faut quelqu'un d'insoupçonnable, un visage enfantin et candide, avec un sourire heureux. Un sourire qui cache une inaptitude à vivre, une difficulté à progresser, comme une tare dont on ne se défait pas. Agir à tort et à travers, pour noyer les problèmes, bouger tel un soldat embusqué affolé par les snipers, avancer tout droit vers l'abîme, de son propre chef.

« Ce film est le portrait d'une femme qui veut tout, vite et à n'importe quel prix. Une femme de notre époque, une femme qu'on dit libérée. Une femme qu'un homme ne garde pas. »

Thierry P.

Chère Mademoiselle,

Je vous remercie infiniment de m'avoir envoyé ce texte qui m'a profondément émue. Je connaissais, moi, l'existence de ce sujet sur lequel votre père avait travaillé avec un ami à moi, mon compagnon d'alors, qui désirait faire un film dont j'aurais été la vedette. Thierry, avec qui j'avais conservé une bonne amitié, avait consenti à se prêter à l'exercice. Il n'y eut pas plus de trois séances de travail, je crois, et cette situation rocambolesque, mes deux amants, l'ancien et le nouveau, collaborant à un scénario, prit fin.

J'avais eu l'idée saugrenue de cette association, pensant ingénument que les talents réunis feraient fi des possibles rancœurs. Il se produisit l'inverse de ce que j'avais prévu : une connivence d'hommes s'établit rapidement entre eux à mes dépens, aux dépens des femmes, de leur évolution et de leurs souffrances. Ils se révélèrent deux machos, complices et rigolards, qui ne voulaient pas être en reste l'un vis-à-vis de l'autre. Une surenchère fatale s'ensuivit, qui entraîna l'héroïne vers la caricature et fit sombrer le projet.

Je n'assistais pas aux réunions, c'était la consigne, mais j'étais autorisée à préparer les spaghettis du dîner, courte interruption avant qu'ils ne s'enferment à nouveau dans le bureau. Ces quarts d'heure à table suffirent à me faire entrevoir ce qui se passait. Je me disais que leur probité intellectuelle prendrait le dessus, qu'il fallait patienter, un grand scénario, brûlant de vérité, sortirait de cet attelage explosif. Mais les semaines passaient, les rendez-vous du dimanche soir se succédaient et rien ne progressait. Thierry avait des exigences financières immédiates, elles avaient été convenues dans l'arrangement entre eux, mais pas leur urgence. Rubi, mon ami, payait et se plaignait de la gourmandise de Thierry, dès qu'il était sorti de la maison, vers minuit.

J'entendais les discussions animées à travers la porte, mais aucun texte ne s'écrivait, à ce qu'on me disait. La rédaction du synopsis puis le découpage incomberaient à Thierry plus tard. C'était son métier, son futur métier puisqu'il n'avait encore rien produit. Seule la trame m'avait vaguement été racontée.

Les deux idoles de Thierry étaient Antonioni et un cinéaste moins connu qui s'appelait De Seta. On avait vu et revu ensemble à la Cinémathèque, rue d'Ulm, *Il Terrorista*, son film politique en noir et blanc qui se passait à Venise pendant la Résistance, et *Le Amiche* (*Femmes entre elles*) d'Antonioni. Rubi préférait le cinéma américain, *La vie est belle* de Capra, les comédies de Billy Wilder *The Apartment, Sept ans de réflexion* et dernièrement *Certains l'aiment chaud*. On le bousculait un peu, on lui expliquait que c'était ringard, qu'un nouveau cinéma arrivait et que nous voulions y prendre part. Il se laissait vampiriser, vaincu par nos certitudes juvéniles. Il avait quinze ans de plus que nous. Un objectif commun demeurait : il fallait me procurer le grand rôle qui me ferait enfin démarrer. J'avais tourné quelques films traditionnels qui ne me satisfaisaient pas, et qui n'avaient pas fait de moi une actrice reconnue. Mon compagnon souhaitait réaliser un premier film, son expérience de reporter photographique l'incitait à croire qu'il en était capable. Son point faible était le scénario. La technique d'écriture d'un scénario.

En réalité, son point faible, c'était moi. On n'aurait jamais trouvé le financement sur mon nom, ce film n'aurait jamais vu le jour de toute façon. J'avais bien quelques amis producteurs, un agent dynamique et quelques copains journalistes, mais cela ne suffisait pas. Les deux lascars le savaient depuis le début, si bien que cette rencontre avait un autre but, obscur et probablement pervers, au parfum de rivalité et de destruction. Ne pouvant me tuer, ils se battaient en duel, avec promesse tacite de ne pas aller jusqu'au bout. Au cours de leurs combats, les cerfs emmêlent leurs bois sans pouvoir se détacher, et brament des nuits durant, sous le regard apeuré de la biche convoitée. La question n'était pas de faire un film, ni de me faire plaisir. Pour votre père, c'était l'occasion rêvée de me punir de mes hésitations passées, pour Rubi, c'était plus compliqué, il cherchait la cause de l'envoûtement qui nous liait, lui et moi. Il cherchait la clef, pour l'utiliser un jour, échapper au sortilège, me remettre à une place normale, vivable, paisible. L'opinion de votre papa (comme c'est étrange pour moi d'utiliser ce mot pour le nommer), l'image que Thierry avait de moi, était subtile et sans concession. Il aimait les femmes, les avait beaucoup étudiées, provoquées, disséquées. Il avait mis à la torture la jeune fille que j'étais, mais tourmentait tout autant ses amies, ses consœurs à l'IDHEC et sa propre mère, qu'il faisait régulièrement pleurer au cours d'interrogatoires perçants. Il disait que les femmes étaient la matière première du cinéma, et Truffaut, quelque temps plus tard, a dit quelque chose d'approchant. Sa vision des actrices nous aurait passionnés s'il n'avait pas été amoureux de moi auparavant, un amoureux bafoué, maintes fois rappelé et abandonné. Il fallait qu'il se rembourse de ces humiliations, même s'il avait une autre femme et que l'eau avait coulé sous les ponts, pardonnant nos cruautés de jeunesse. Je lui avais fourni l'occasion de ce règlement de comptes, dans un désir typiquement féminin de faire place nette dans les deux relations, avec lui pour qu'il se venge de mes brutalités passées, et avec Rubi pour l'assurer que je n'aimais plus que lui. En ce sens, on peut dire que l'opération avait réussi, les deux hommes se lassèrent et le scénario resta en rade.

Puis nous nous sommes perdus de vue, je suis partie pour les États-Unis, Thierry devait terminer son service militaire en Algérie, le temps et l'espace se sont mis entre nous. Les illusions perdues ont laissé un obscurcissement, un rideau est tombé, épais comme l'oubli.

Il a eu son succès, quelques films, de grandes séries pour la télévision. J'ai eu les miens. On s'est rencontrés dix ans plus tard. Nous n'étions plus les mêmes, je ne l'ai presque pas reconnu. Le dedans, je veux dire, la flamme. Physiquement il n'avait pas trop changé, un peu empâté peut-être. L'alcool, me disait-on. Vous étiez déjà née, il me montra une photo de vous bébé. Cela ne lui ressemblait pas de garder une photo dans son portefeuille. Je me suis fait la remarque. Il avait un rôle à me proposer, un petit rôle dans un film avec Delon. Je ne l'ai pas fait. J'ai regretté, après. Pas pour le film, ni pour Delon. Pour lui, pour faire la paix avec lui, entrer dans une simple relation amicale, de gens de la même génération qui avaient partagé les mêmes événements.

Deux ou trois ans plus tard j'ai appris sa mort. Je ne pouvais pas y croire. Tout commençait pour lui, tout s'ouvrait. Vous alliez devenir la femme qu'il aurait enfin aimée, au lieu des pugilats qu'il avait menés avec toutes ses compagnes, commandés par sa lucidité incendiaire. On le disait cynique. Il était seulement aigu, incisif, épris d'exactitude et farouche ennemi de la complaisance. Un homme complexe, civilisé et contradictoire, comme les humains qui nous intéressent. Ceux qui décrivent le monde pour nous, font apercevoir ce qui est dissimulé, ce qui est inconfortable, illogique, vrai. Les écrivains.

Ne croyez pas que je vous écris ces mots pour dorer l'image de votre père, en guise d'éloge posthume. Je suis heureuse d'avoir pu, grâce à vous, revivre ces moments de mon passé, de les revisiter comme on dit. Notre liaison n'était pas brillante, par certains aspects. Je ne cherche pas à gommer les vilenies, au contraire. Thierry partagerait sûrement mon avis, les bonnes actions et les bons sentiments ne nous apprennent rien sur nous-mêmes, ils sont trop en lumière, éclairés par l'obéissance à la morale reçue. Nos zones d'ombre sont plus indicatives, elles nous surprennent et nous relient entre coupables. Elles révèlent les forces irrésistibles qui nous font agir, souvent inexplicables. On glose encore au sujet des mystères du cœur humain. Les réponses sociologiques, psychologiques, médicales, cabalistiques, astrologiques, anthropologiques restent toutes orphelines, un moment ou l'autre, devant la bizarrerie du comportement humain. Ce sont ces mystères que sondait Thierry, mon copain, mon camarade, mon jeune amant. J'ai eu la chance de le connaître. Il m'a éveillée à cette quête, je le remercie aujourd'hui.

Je voulais vous le dire.

En souvenir de votre père, que je n'oublierai pas.

M.

4

– VOUS êtes plus active que jamais.

– Tu me vouvoies, maintenant ?

– Le temps opère.

Un silence. Il me regarde longuement.

– Pas sur toi. Tu as le même visage que quand...

Un autre silence. Je viens à son secours.

– Quand nous étions ensemble ? Tu n'arrives pas à le dire ?

– Tu as toujours été plus déliée que moi, plus...

– Plus simple. Je n'aime pas le temps perdu, ni les fausses pudeurs, non.

– Le temps perdu ? Sait-on quand on ne le perd pas ?

– Je reconnais ton défaitisme.

– On ne se voit pas soi-même. Je ne me vois pas défaitiste. Vigilant, scrupuleux, mais pas défaitiste. J'ai passé ma vie à prévoir l'avenir, à moyen et long termes.

– Dans ta première vie. Avant que tu sois éditeur.

– Avant ma vie de fabricant de livres. Le goût de la prévision ne m'a jamais quitté. C'est l'enjeu principal du commerce, à l'instar de la stratégie. Les états-majors que je fréquentais multipliaient les théories raffinées, voire tordues. L'imprévisible gagne toujours, hélas, remet nos calculs à plat. On pourrait se décourager, tout envoyer promener, vivre le présent avec insouciance, comme un animal. Mais on s'obstine, on recommence, avec une curiosité têtue. Et s'il y avait une ligne, un ordre supérieur, plus large, que nous ne percevons pas ? La durée d'une vie est trop courte.

– On est ballotté, on avance comme des aveugles ?

– Quelques percées font entrevoir l'ensemble, avec difficulté. Des abstractions, envisagées par des cerveaux hors du commun.

– Les scientifiques ?

– Les chercheurs. Les penseurs. Ce sont souvent les mêmes.

– Et les religieux ?

– Ceux-là sont des bienheureux, ou des damnés. Ils sont dotés d'un œil supplémentaire.

– Tu les envies ?

– Non. J'ai bien assez de ma simple conscience.

– Et de ton ambition personnelle.

– L'ambition, c'est la force de vivre. Sans l'ambition de l'individu, nous en serions encore à l'âge de pierre. Cela n'exclut pas qu'on résiste à l'ambition. Qu'on se terre, qu'on se retire de la course par moments. Le progrès effraye.

– Compliqué...

– Je suis un homme compliqué, je te l'accorde. Double vie, double personnalité. Personne n'aime cela. Tu me l'avais signifié, rappelle-toi. Tu disais en riant que je n'étais pas un cadeau dans la vie d'une femme.

– Je disais qu'il y a un prix pour les choses. Si tu n'avais pas été contraint de trouver une autre activité après ta palpitante mission secrète au cœur de l'État, je ne t'aurais jamais connu. Avoir l'honneur d'être ta compagne, et la chance d'accéder à ton exceptionnelle sagacité, coûtait de la patience et, pour moi, un changement de vie.

– Un sacré changement. Le vieux grigou nostalgique d'un passé glorieux, plongé dans les livres du matin au soir, effarouché par la moindre mondanité...

– J'en avais fait le sacrifice sans hésiter. L'aventure qui se jouait entre nous était autrement fascinante. Entre toi et moi. Entre moi et moi. La découverte grisante de mon envie d'écrire. C'est toi qui l'as décelée.

– C'était clair comme le nez au milieu de la figure. Je n'ai pas eu tant de mérite.

– Tu disais cependant que tout le monde veut écrire en France. Ta secrétaire passait une partie de son temps à écarter les postulants.

– Nous sommes dans un pays de lettres, c'est exact.

On chérit les mots, on a le langage. Peu ont quelque chose à raconter.

– Tu pensais que j'avais des choses à raconter ?

– Oui. La preuve.

– Tu n'as pas été tendre, Boris. Tu me traitais comme une enfant gâtée.

– La vie d'un éditeur est plus austère que celle d'une actrice. Tu bénéficiais de facilités que je n'avais jamais connues.

– Tu veux dire les faveurs, les tables dans les restaurants, les sourires dans la rue ?

– Et les vêtements gratuits chez les couturiers, les meilleures chambres dans les hôtels...

– Maigres avantages, en récompense d'un stress écrasant.

– Je pensais que tu avais une résistance fantastique, en effet.

– Et tu m'as quittée.

– Tu penses que je suis un scélérat ? Je regrette que tu penses cela. Je ne t'ai pas quittée, j'ai reculé parce que tu étais un danger pour moi.

– Un danger ?

– Je t'aimais trop. J'étais envahi. Les plans à long terme que j'avais élaborés avec peine avant de te rencontrer risquaient de passer à la trappe.

– Tes plans avec ton ex-femme.

– Elle n'avait rien à voir avec cela. Elle n'était pas au courant. Quand je l'ai laissée seule pour venir vivre avec toi, elle a été abasourdie, sonnée. Elle était désespérée. Elle ne s'en sortait pas. Elle constituait un problème, c'est exact, que je n'avais pas résolu. J'avais vécu dix-sept ans avec elle, tu es arrivée comme une tornade...

– Tu disais : « Enfin de l'air frais dans mon avenir. »

– Je le pensais. Je n'ai pas hésité à tout bouleverser. Puis son chagrin s'est transformé en réelle maladie. La longue dépression de ma femme a été un poids pour moi, tu peux le comprendre. Je n'avais rien à lui reprocher.

– Sinon de t'avoir maintenu dans une petite existence confinée, sans projet, sans passion. Tu méritais mieux.

– J'avais reçu beaucoup de coups sur la tête, au cours de mes fonctions politiques précédentes. Elle avait recueilli un homme brisé.

– Ces petites femmes-là sont redoutables, les secrétaires, les infirmières. Elles attrapent toujours les hommes par l'angle mou de leur personnalité.

– La souffrance paralyse les hommes. Toi, tu es capable d'éloigner la douleur, comme un brise-glace écarte les blocs qui menacent la proue du navire. C'est dans ta nature, tu avances, tu fonces. Le mouvement et le vent dans tes cheveux t'empêchent de t'appesantir sur les difficultés. C'est une méthode magnifique, que j'aurais bien adoptée.

– Mais que tu as rejetée.

– Je n'en étais pas capable. J'étais beaucoup plus vieux que toi, dans la tête en tout cas. Je savais que je ne pourrais pas continuer à être éditeur longtemps, malgré mes succès. Je voulais écrire, j'avais programmé trois livres, dont l'un nécessiterait de longues recherches. C'était mon secret. Je n'osais pas en parler, d'abord parce que je pense qu'il ne faut pas déflorer un sujet en le racontant, la sève créatrice se dilue dans l'art de la parole. Ensuite je ne voulais pas que mes auteurs sachent que j'allais les abandonner, pas tout de suite, pas tant que mes livres n'étaient pas écrits. L'édition était mon gagne-pain. J'ai beaucoup retourné tout cela dans mon crâne. Ton arrivée subite, le coup de foudre, dont je n'étais pas coutumier, m'a déstabilisé. Les années de retraite qui s'annonçaient, consacrées à l'écriture, se prêtaient mal à ton ascension, à ta boulimie de découverte, de confrontation avec le monde extérieur. Il m'a fallu choisir. J'ai tranché. J'ai écrit mes livres, comme tu sais. J'ai souffert, j'ai beaucoup souffert. La coexistence avec ma femme avait un goût de cendres. Elle était heureuse de m'avoir récupéré, mais elle se vengeait quotidiennement de ma trahison passagère, par mille petits gestes qui devinrent intolérables. Je partais à la campagne des semaines entières. Son travail la retenait à Paris. Nous partagions les week-ends. Des années atroces.

– Et moi, as-tu pensé à ce que j'ai vécu ? Tu t'en foutais de ma souffrance.

– Je pensais en effet que tu rebondirais, que tu te servirais de cette privation pour mieux te reconstruire. C'était risqué, mais je n'ai pas eu tort.

– C'est facile de prendre des risques pour les autres. Qu'aurais-tu fait si je m'étais effondrée ?

– Il n'y avait pas de danger. Tu te nourris de toutes les énergies, les positives et les négatives. Je t'ai admirée pour ce don.

– Mais tu m'as abandonnée.

– Cesse de m'accabler. Tu ne sais pas tout.

– Je t'écoute. Si tu as accepté cette rencontre, ce n'est pas pour prolonger le silence. J'ai le droit de savoir pourquoi tu m'as quittée.

– Je ne t'ai pas quittée. Tout ce que j'ai fait par la suite t'était adressé.

– ...

– Tiens. J'en ai la preuve.

Il sort de la poche de son manteau un paquet de lettres ficelées.

– Toutes les lettres que je t'ai écrites, et jamais postées.

Ce sont des enveloppes carrées, toutes de la même taille. Mon nom figure sur chacune, et mon ancienne adresse.

– Pourquoi ne les as-tu pas envoyées ?

– Je ne voulais pas te déranger. Tu étais lancée dans une autre direction, vers d'autres hommes.

– Qu'en savais-tu ?

– Tu oublies que j'ai travaillé dans le renseignement. J'ai gardé des amis.

– Tu me faisais suivre ?

– Tu sortais suffisamment pour que tes mouvements et tes fréquentations se sachent.

– Tu ne voulais pas tourner la page ?

– Je ne sais pas tourner la page. Tout ce que j'ai vécu est là, dans mon cœur encombré. C'est mon problème.

– N'était-ce pas un peu masochiste de m'observer ainsi de loin, comme à travers un miroir sans tain ?

– C'est plus fort que moi, je te l'ai dit. J'ai besoin de savoir. Je préfère la réalité aux supputations.

– La réalité interprétée. Les faits ne révèlent pas tout. Tant de gestes sont un bouclier, une couverture. Ce qu'on pense est enfoui ailleurs.

– Les gestes ne sont jamais innocents. Il faut utiliser des clés de lecture, puiser dans la psychologie, la psychogénéalogie, la criminologie dans certains cas. J'ai appris tout ça à la Rand Corporation, aux États-Unis. C'était passionnant.

– Bref, j'étais un cas d'étude. Tes sentiments passaient après.

– Détrompe-toi. Je me suis rapidement forgé la conviction que j'avais pris la mauvaise décision, que j'allais rater la troisième partie de ma vie. La dernière sans doute.

– C'est affreux, ce que tu me dis. Pourquoi ne m'as-tu pas appelée ?

– Tu crois que je t'ai quittée. En vérité, c'est toi qui me quittais, ou qui m'aurais quitté prochainement. L'euphorie de notre travail commun sur ton livre était retombée, notre couple se présentait sous son jour prosaïque, un homme et une femme affectés d'insurmontables différences, qui auraient un long chemin à parcourir l'un vers l'autre pour se réunir. Tu étais plus jeune que moi, j'aurais pu être ton père...

– Cela me convenait peut-être. J'ai perdu mon père à quatre ans, je t'aurais bien confié ce rôle.

– Je suis un piètre père. Tu sais combien ma fille se plaint.

– Dernièrement, depuis qu'elle est mère, tu t'es amélioré, paraît-il.

– Possible. Malgré moi. L'arrivée d'un enfant est toujours émouvante.

– Nous y voilà. Tu craignais que je veuille un enfant de toi ?

– L'idée m'a effleuré. Je la repoussais, comme une mauvaise pensée. L'expérience de la paternité ne m'a pas emballé. Je me souviens davantage des emmerdements que des joies.

– Je n'ai pas pensé à un enfant, avec toi. Avec tous les autres hommes, sauf toi.

– Tu ne t'engageais pas totalement, tu vois.

– Tu avais peur que je te lâche un jour ?

– Les hommes sont peureux et infantiles. J'ai besoin de la solitude, mais elle me terrorise.

– C'est ça, la vieillesse.

– Je suis vieux. J'ai toujours été vieux. Je suis un vieux bison qui rôde autour des maisons sans y entrer. Tu avais réussi l'exploit de me faire entrer dans la tienne. Ta petite maison provisoire où tu t'étais posée avec grâce. Partout tu sais être chez toi, moi, j'erre de pièce en pièce, de table de travail en table de travail, sans voir les murs, les fenêtres. Quelquefois je me cogne dans les portes, j'oublie où elles sont.

– J'ai déménagé très vite après. Je ne supportais pas ces lieux qui nous avaient hébergés, entourés. À cause de toi, je me suis installée dans le célibat, j'ai acheté un appartement, je me suis endettée pour quinze ans. Depuis notre séparation, je n'ai plus compté sur un homme. J'étais comme brûlée, pour toujours.

– Les femmes qui dépendent d'un homme ne sont pas forcément plus heureuses. Plus épanouies.

– Commode. Vous vous êtes débarrassés des responsabilités envers les femmes avec bonne conscience. C'est pour leur bien, c'est ça ?

– Il me semble que tu en es la démonstration.

– Toutes les femmes n'ont pas ma chance. Ou mon inconscience. Je n'arrive pas à couler, je suis comme ces plastiques non biodégradables qui remontent toujours à la surface, qui flottent éternellement.

– Je te vois plus comme un cygne aux plumes imperméables qui glisse élégamment sur une rivière, face au courant.

– Ton lyrisme me surprend. Je te connaissais un style plus militaire...

– L'écriture m'a légèrement débridé, sans doute.

– L'écriture nous avait unis, puis séparés. Elle nous réunit aujourd'hui. Je vais écrire ce que nous nous sommes dit. Tu m'y autorises ?

– On n'empêche pas un écrivain d'écrire ce qu'il doit écrire.

– Tu as dit un écrivain ?

– Tu veux que je dise une écrivaine ?

– Pour l'amour du ciel. Un écrivain me convient. Tes mots m'adoubent. Ils me comblent. Désormais je pourrai écrire sur les fiches d'identité, à la rubrique « profession » : écrivain. Je dirai qu'un homme d'élite, un grand éditeur, un homme qui sait ce qu'il dit, me l'a permis. Je ne lirai pas tes lettres, reprends-les. Elles peuvent me perturber. Tu as raison, je déteste la douleur. La mienne et celle des autres. Le monde est tapissé de douleur, si on se laisse faire, il n'y a plus de place pour respirer. Oui, reprends-les. Je n'ai pas peur du futur, mais le passé me met sur le qui-vive. On dit qu'il ne faut pas remuer le passé. Je pense au contraire qu'il faut le secouer, voir ce qui tombe, ce qui est mort. Ce qui est inutile. Mais je suis prudente. Il peut y avoir des explosions à retardement. C'est dangereux le passé. J'avance à petits pas. J'ai besoin de me protéger pour affronter ce qui m'attend encore.

5

– *HELLO.*

Je connais cette voix, mais impossible de lui apposer un visage.

– *Hello...*

– *Guess who it is ?*

– *Well... I'm sorry... Talk a little more, maybe...*

– *I call you from New York. Does this give you a hint ?*

– Henry ! *My God !* Comment as-tu trouvé mon numéro ?

– C'est Peter qui me l'a donné. Je l'ai vu ici la semaine dernière.

– Peter ! Je ne l'ai pas vu depuis des années, lui non plus. Comment va-t-il ?

– Toujours le même. Allègre et entreprenant. Il m'a apporté ton livre.

Un blanc. Comme je ne dis rien, il répète :

– *Hello ?*

– Je suis là. Je t'entends très bien.

– Je n'ai pas tout lu, c'est un peu difficile pour moi, en français. Mais j'ai compris que tu avais du talent. Surtout pour oublier. Notre histoire n'a pas dû te marquer beaucoup. Je n'y suis pas.

Je ne réponds pas tout de suite. Je suis tellement étonnée de cet appel.

– Tu y es. En filigrane. Pour ceux qui veulent comprendre, tu y es. J'ai coupé quelques pages, c'est exact. Sur les conseils de mon éditeur. On craignait les procès. Avec les Américains, tu sais, on se méfie. L'épisode américain de ma vie a été écourté.

– Moi, j'ai perçu mon absence autrement. C'est ton droit le plus strict de me supprimer. Nous n'avons pas vécu la même chose, c'est tout.

– Les pages heureuses sont moins frappantes que les douloureuses. Je n'ai que des bons souvenirs, avec toi. Ils n'avaient peut-être pas leur place dans le récit de mes épreuves.

– *Yeah*... Je voudrais te parler, dit-il lentement. Et te revoir. Je fais escale à Paris dans trois jours, première étape d'un tour d'Europe. Autriche, Suède, Lituanie, Pologne. C'est pour mon journal. Je ne passe qu'une nuit à l'hôtel Sheraton de Roissy. Viendrais-tu prendre un breakfast avec moi le lendemain, jeudi matin ?

– Tu as toujours adoré les réunions à l'heure du breakfast. Tu obligeais tes collaborateurs à se lever à l'aube, quand ils venaient de loin.

– Le matin, on est clair et sans façon. On va à l'essentiel.

– Le matin, les femmes ont le visage bouffi... Mais je viendrai.

– J'ai un peu changé, je n'ai plus beaucoup de cheveux, mais tu me reconnaîtras. Enfin, j'espère. Tu as un e-mail ?

– Oui. Qu'est-ce que tu crois ? Tu disais que nous étions en retard de dix ans, en Europe. Mais nous suivons tout de même.

– Veux-tu que je t'envoie une photo de moi, pour que tu n'aies pas de choc ?

Nous rions tous les deux. Je reconnais son rire.

– Ton rire n'a pas changé. Ta voix non plus. *Your french is excellent !*

– J'ai longtemps vécu avec une Canadienne, après toi.

– Tu n'as pas attrapé le slang médiéval québécois.

– Alors, on se dit à jeudi ? Neuf heures, neuf heures quinze ?

– Je viendrai sans doute en RER, à cette heure-là la circulation est impossible. Je me coucherai tôt la veille, pour être en forme. Je suis de la nuit, j'écris la nuit. Je ferai une entorse pour toi.

– C'est gentil. *I'm looking forward.*

– Moi aussi, je suis curieuse de te revoir. Quelle surprise ! Tu vas bien ? Tu es en forme, on dirait. C'est stupide, ce que je dis. Un bon quart de nos vies est passé. J'ai changé, moi aussi. J'ai un peu grossi.

– Tu es très bien sur la couverture de ton livre. Je suppose que c'est une photo récente.

– Prise pour cette jaquette. Et pas retouchée.

– Nous avons tous les éléments pour ne pas nous rater. Pas encore une fois...

– Je reconnais ton humour pince-sans-rire.

– J'ai ton portable, au cas où. Le mien est un numéro américain, je ne l'utilise pas en voyage. À jeudi ?

Jeudi, 9 heures 20.

On se regarde sans parler. Il me tient par les deux bras. Il sourit. Les larmes me montent aux yeux, je me demande pourquoi. Je remarque que ses lèvres tremblent. Il dit :

– Ton nez est toujours aussi retroussé.

– Et le tien aussi grand.

– Un gros pif, qui s'allonge avec le temps.

– Combien de temps ?

– Vingt-cinq, je crois.

– Vingt-huit, si mes comptes sont bons.

– Asseyons-nous.

Je constate qu'il claudique légèrement. Nous nous enfonçons dans les fauteuils trop confortables du lounge sans fenêtres de cet hôtel international. Nous pourrions être à Bangkok, ou à Cincinnati. Dans la semi-obscurité, on parle à voix basse. Des bougies allumées dans des coupelles annulent la notion de temps et flattent le teint des décalés horaires, et ma mine du matin.

– Tu prends du thé, ou du café ?

– D'abord un grand verre d'eau, pour me calmer. Je ne pensais pas que cela me ferait autant d'effet, de te revoir.

– Il y a des raisons.

– L'émotion de retrouver quelqu'un qu'on n'a pas vu depuis longtemps ?

– Avec qui tu as vécu des choses, non ?

– Je sais. Tu as été blessé que je ne les relate pas dans mon livre. Je ne raconte pas tout dans mon livre, il y a des sauts, des ellipses...

– Une ellipse, c'est le mot adapté. Je suis une ellipse. Ne crois pas que je te reproche cette révélation. Elle m'a été utile. C'est de cela que je veux te parler.

– La gravité de ta voix m'inquiète. J'ai peur de ce que tu vas me dire.

– N'aie pas peur. Je ne suis pas un joyeux drille, je te l'accorde. Kafka est mon auteur préféré, ça n'a pas changé. Plus qu'un auteur, c'est mon frère. Je suis son frère, son jumeau. Thé ou café ?

Le serveur s'est approché avec deux brocs, le même jus noir sort de l'un et de l'autre, impossible de distinguer lequel est le thé. Il m'assure : « Darjeeling,

Inde du Nord. » Soit. Une gorgée chaude me dénoue un peu. Je dis :

– J'ai été à Prague dernièrement. Pour tourner un téléfilm. On cherche Kafka, quand on visite le Château, mais on ne le trouve pas. C'est tellement touristique, maintenant.

– Je dois y aller la semaine prochaine, si j'ai le temps.

– Que fais-tu, tu diriges toujours ta revue ?

– J'en dirige quatre. Et j'enseigne à la New School.

– Là où ils t'avaient refusé comme élève, quand tu es arrivé à New York avec tes parents ?

– Exactement. Ils n'avaient pas reconnu mon certificat d'études autrichien, et je ne parlais pas l'anglais.

– Ils s'en souviennent ?

– Non. J'ai regardé dans les registres, je ne suis pas inscrit. Les recalés sont effacés. C'est ça, l'Amérique. On sélectionne, mais on laisse aux gens leurs chances.

– Tu aimes toujours passionnément l'Amérique, je vois.

– Et toi, tu ne l'as pas aimée, si j'en juge d'après l'impasse dans ton roman sur cette période de ta vie.

– On ne peut pas dire cela. Je n'aimais pas la femme que j'étais là-bas. Tu en as fait les frais, je suis désolée.

– Tu semblais si anxieuse de t'intégrer, pourtant. Tu parlais avec l'accent de Brooklyn, cela amusait mes photographes.

– Je me donnais beaucoup de mal, j'aurais bien

voulu que ça marche. Il m'a fallu deux ans pour admettre que je ne deviendrais jamais une Américaine.

– Une New-Yorkaise. Ce n'est pas tout à fait la même chose. Il n'y a que des Européens d'origine, à New York.

– Fervents Américains, comme toi.

– Avions-nous le choix, avec ma famille, pendant la guerre ?

– Pas mal de Juifs sont retournés ensuite dans leur pays natal, ou en Israël.

– Pas ceux qui ont vécu ce qu'ont vécu mes parents.

Un silence. Je me hasarde à demander :

– Sont-ils encore de ce monde ?

– Non, ils sont... partis tous les deux.

– Il y a longtemps ?

– Douze ans, l'un après l'autre, rapidement. Je ne m'y fais pas.

– Je sais combien tu étais attaché à eux.

– Je me suis lancé dans les affaires, éperdument. J'ai créé une agence de publicité qui fonctionne très bien. En fait, c'est la plus grosse agence de la côte Est.

– Tu es riche, alors.

– Si tu veux. J'aime que mes entreprises réussissent. Mais l'argent n'est jamais mon objectif. Qu'est-ce que j'en ferais, de trop d'argent ? Je travaille toute la semaine jusqu'à dix heures du soir, mon seul répit c'est quand je roule le samedi avec ma Jaguar pour aller chez des amis à Long Island ou dans le Connecticut.

J'avais acheté ma première Jag avec toi, tu te souviens ? J'en ai une plus grosse, c'est tout.

– On allait le dimanche rendre visite à tes parents dans le Bronx.

– Ils t'aimaient beaucoup. Trop. Maman te pesait, avec ses cadeaux et ses exclamations continuelles, non ?

– Non. Ils étaient charmants tous les deux.

– Elle était devenue agoraphobe, en vieillissant. À la fin, elle ne sortait presque plus de la maison. Elle descendait ses ordures à l'heure où elle était sûre de ne rencontrer personne.

– Elle jouait toujours du piano ?

– Elle a arrêté, un beau jour, et elle n'a plus jamais joué.

– Elle s'occupait des œuvres pour les enfants de déportés.

– Elle a cessé ça aussi. C'est moi qui m'en occupe, maintenant. Je dois te dire ce que je suis venu faire en Europe. Je ne viens pas pour mes journaux, ni pour mon agence. Malgré mon état de santé (on vient de m'opérer de la hanche, *I'm an old bag you know...*), j'ai été chargé par l'Association d'engager des recherches dans plusieurs pays où seraient enterrés des membres de leurs familles. Enterrés ou disparus. Il y a encore des incertitudes. J'ai promis à mon père que je retrouverais ses cousins et sa première femme, dont on n'a plus rien su après leur déportation. Tous les autres ont péri dans les camps, ses frères, ses parents. Du côté de ma mère, on pense qu'ils sont partis vers l'Ukraine. À l'époque c'était l'URSS, certains croyaient que les Russes gagneraient la guerre, qu'ils préparaient un monde juste et nouveau. Que les Juifs seraient les bienvenus. Les communistes avaient soutenu la création d'Israël, ils combattaient les apartheids et les persécutions. En théorie. De nombreux ashkénazes y ont cru.

– Pas tes parents.

– Nous avions un oncle à Newark. Il a organisé notre venue aux États-Unis.

– Je me souviens de lui. Il était chapelier, n'est-ce pas ?

– Depuis plusieurs générations, ma famille fabriquait les plus beaux chapeaux de Vienne. Il avait reconstitué un petit atelier à New York. Il aurait réussi s'il s'était agrandi, s'il avait investi, au lieu de dépenser tout son argent pour aider les immigrés, parents ou non.

– J'admire beaucoup les Juifs pour cela, pour cette solidarité.

– Il y a le revers de la médaille. C'est précisément là que je veux en venir. Ma dégaine et mon humour de Mittel-Européen décadent ne t'ont pas trompée. Je me lève le matin en me demandant si je suis vivant ou mort, si je suis avec mes oncles, mes tantes, mes grands-parents dans une terre inconnue où rien ne pousse plus, un sol brûlé par les bombes atomiques, par le gaz, le feu et la nuit. Ton cœur a été happé par cette pitié aspirante, espérant remédier au malheur. On ne peut pas y remédier. Nous sommes des survivants, mais nous voudrions être morts, nous sommes avec eux, là-bas, dans les camps, dans les pogroms, dans les prisons. Nous ne connaissons pas la frontière entre notre vie et la leur, nous ne sommes qu'un seul grand corps souffrant, infini.

Il laisse le « i » d'infini en l'air, d'une voix étonnamment haute, comme celle des ténors quand ils parlent. Nous restons immobiles, les yeux baissés.

– Si je ne suis pas dans ton livre, c'est parce que je n'existe pas. Tu m'as effacé, entre ta vie et ma spirale funeste, tu as choisi ta vie. C'est normal. Bravo, tu as fait le bon choix. Je ne t'en ai pas voulu, même si je t'ai maudite, plus d'une fois. Tu m'avais si mal quitté, si brutalement, qu'il n'était pas difficile de te trouver des griefs. Tu avais tout fait pour que j'aie une très mauvaise opinion de toi. Une ingrate, une profiteuse qui se faisait entretenir par un célèbre *art director*, qui fréquentait l'intelligentsia de New York en espérant arriver à ses fins dans le show-business. Mais je savais bien que ce n'était pas cela. J'ai cru longtemps que tu avais rencontré quelqu'un, que tu me trompais, que tu étais une petite fille volage et inconsciente. J'ai cru que tu te sentais perdue dans cet univers anglo-saxon, que ta famille te manquait. J'ai compris beaucoup plus tard, et ton livre me l'a confirmé, en creux, par cette position en « filigrane » où tu m'as placé, que le problème était ailleurs. On ne peut pas épouser un absent. Tu ne pouvais pas m'accompagner dans mon voyage chimérique. Tu as bien fait de partir, tu es partie à temps, avant que ça te prenne, toi aussi. Par amour pour moi, par affection pour mes parents, parce que tu étais seule, sans famille dans ce grand pays hospitalier mais qui attend beaucoup de chaque nouveau venu. Tu t'es enfuie comme une voleuse, en vitesse, avec l'énergie de la jeunesse, et je t'ai approuvée. J'ai pleuré, mais j'étais content pour toi. Tu échappais au piège de la tristesse, de la désolation. Nous sommes des fantômes. Je n'existe pas, je suis une ombre, je ne suis que le rappel d'autres âmes envolées.

6

POUR la deuxième fois, la gardienne du square, une aimable Martiniquaise, s'approche de moi.

– Tout va bien ? Vous êtes sûre que vous n'avez besoin de rien ?

– Non, non. J'attends quelqu'un. Qui est très en retard. Il a toujours été très en retard.

– Une heure et demie, ça ressemble à un lapin !

Elle rit de toutes ses dents en bataille. Elle s'interrompt brusquement, mesurant son indiscrétion.

– Ne vous en faites pas, il va venir. Dans quarante-cinq minutes, on ferme le jardin, c'est tout. Je voulais vous prévenir. Si vous avez besoin de quelque chose, je suis dans la guérite, à l'extérieur.

Elle est gentille. J'imagine que je suis inquiétante, seule sur mon banc, les yeux rivés sur le portillon grillagé et sur la rue. J'attends. Quand j'attends, j'attends. Je ne suis pas de celles qui griffonnent leur agenda, ou font semblant de lire un livre. Je veux ressentir le temps étiré de l'attente, et les sentiments successifs qui en découlent. La fixité de mon visage a troublé cette brave femme, il y a tant de détresse dans les squares parisiens.

Au loin, je reconnais la longue silhouette de Rubi dans la lumière du soir. Il a maigri. Il marche avec peine, s'appuie contre la grille. Je vais à son devant :

– Rubi...

– Ah. Tu es venue.

– Bien sûr. Tu en doutais ?

– Je viens de loin, de mon quartier africain là-bas.

– C'est toi qui as choisi ce jardin, et ce banc.

– Avant c'était en bas de chez nous. J'ai oublié cette partie de Paris.

Il tâtonne. Je lui prends le bras.

– Allons nous asseoir. Nous avons encore une heure, en été ils ferment plus tard.

Nous traversons l'allée en silence. Je le soutiens délicatement, il me paraît frêle et transparent. Ses mains fines sont mouchetées de taches de vieillesse.

– Tu ne t'attendais pas à me voir si mal-en-point, n'est-ce pas ? Mes yeux... Ce sont mes yeux. Depuis que je perds la vue, tout fout le camp.

– Tu as eu un accident, une maladie ?

– Non. Je m'éteins progressivement. De partout.

– Je t'ai reconnu de loin, malgré tes cheveux blancs. Tu as la même allure.

– Mon allure... Elle m'a joué de sales tours, mon

allure. Les femmes aiment les hommes qui ont de l'allure. Je n'y étais pour rien, mon père était grand et charpenté, ma mère était une beauté. Les gens se retournaient sur eux, à Alexandrie, quand ils passaient sur l'avenue des Mosquées. Lui, avec ses vestes blanches et son panama, elle, avec ses robes en mousseline et sa bouche d'Égyptienne. Seules les Égyptiennes ont des lèvres sensuelles et secrètes à la fois. Je n'ai jamais revu de bouche comme celles-là, les mannequins étaient plutôt nordiques, dans mon temps.

– Tu ne travailles plus ?

– Comment veux-tu ?

Je me rends compte de ma gaffe. Je me rattrape :

– Les métiers de la mode ont beaucoup changé.

– Je m'en fous de la mode. Je n'aimais pas la mode. Je cherchais obstinément l'instant magique d'un visage, d'un corps.

– Tu le trouvais.

– Pas souvent. Une fois ou deux, oui. Avec toi, un jour. Tu ne sais même pas quand.

– Le nu que j'ai mis sur la couverture de mon livre ?

Il ne me répond pas. Il sort un grand mouchoir de percale blanche et il s'essuie les yeux, les joues.

– Toujours tes mètres carrés de mouchoir..., dis-je.

– On n'en trouve plus. Je les faisais faire. Quand j'étais riche. Et toi, laisse-moi te regarder. Le peu que je vois me plaît. Tu es une femme, maintenant. Jamais on n'aurait pu imaginer que tu deviendrais une femme. Une adulte.

– Égratignée par le temps.

– Le temps n'égratigne pas. Il massacre, ou il révèle. Il me semble que tu as échappé au massacre.

– Tu as lu mon livre ? Quelqu'un te l'a lu ?

– On m'a dit que tu as écrit un livre. Non, je ne l'ai pas lu. Je n'ai pas besoin de le lire. Ce que tu dis m'importe peu, ce qui compte, c'est que tu l'aies écrit.

– Je ne sais pas. Il a occasionné des mouvements. En moi et autour de moi.

– Ce que tu souhaitais.

– Confusément, sans doute.

– Ton livre n'est pas important. Ce qui est important, c'est toi.

– Que veux-tu dire ?

– Tu es vivante. Tu le fais savoir. Quand on prend la parole, c'est principalement pour entendre le son de sa propre voix.

– Ce n'est interdit à personne.

– Mais très peu le font. Tu as cette force. Quand je pense à toi, je pense à cette force. Tu me tuais.

Il se détourne un peu, une attitude que je connais : il va me parler sérieusement. C'est un pudique qui n'aime pas les grands mots. Il craint de ne pas les trouver, les mots. Les images lui sont plus familières.

– Alors. Commençons par le début. Quand nous nous sommes rencontrés, j'ai cru mourir. Je savais que rien ne pourrait empêcher notre amour. J'étais catastrophé. Je ne voulais pas me lancer dans un truc pareil. J'avais un divorce dans le dos, une maîtresse patiente près de moi, un travail exténuant, une situation légale en suspens. On me prenait pour un Arabe, on me regardait de travers, les Français sont justes, mais racistes. Ma gueule de métèque et mon accent rocailleux excitaient les flics, je redoutais leur regard. Le moindre prétexte était bon pour m'apostropher, pour me jauger. Je le vivais très mal.

– Un peu de névrose personnelle... Tu étais adulé au journal, dans les studios...

– En apparence. Derrière, les commentaires couraient. Être américain ou hollandais, ce n'est pas la même chose. Les autres photographes étrangers n'étaient pas en butte aux mêmes insinuations.

– Je pense que tu somatisais ton déracinement, après les brimades de Nasser envers les familles de grands commerçants comme la tienne.

– En Suisse où résidaient mes parents, c'était différent, crois-moi. Les Suisses respectent les étrangers tout en les détestant cordialement. Ils ne s'en cachent pas. Ils ne prétendent pas être la terre des Droits de l'Homme.

– Tes amis communistes avaient pourtant choisi la France pour reconstituer le Parti égyptien en exil.

– L'idée que nous nous faisions de la France était plus grande que la France. Et puis Raymond et

Armand n'avaient pas des gueules d'Arabes. D'Italiens, ou de Libanais, tout au plus.

– Ton type était ravageur pour les femmes...

– Ah oui, les femmes adorent les Orientaux. On ne sait quelle promesse érotique les attire. Des femmes m'ont arrêté dans la rue pour me faire des propositions directes, très directes.

– Ça te rendait malade, je vois ça d'ici !

– Malade. Humilié. Furieux. Si j'avais pu me passer le corps à l'eau de Javel, et les cheveux, et les sourcils, et les yeux...

– L'âge t'a donné cette pâleur...

– Je ne blondis pas, je blanchis, je me dévitalise. Mais laisse-moi parler. Ne me coupe pas, je voudrais te dire... C'est idiot. À quoi ça sert ? Je me demande ce qui me prend. Tu n'as besoin de rien.

– J'ai besoin de tout, au contraire. De comprendre. De vérifier.

– Alors écoute le vieux sage que je suis devenu. Je ne suis plus le loup écorché qui rêvait d'avoir un renom international, et qui avait choisi Paris pour y parvenir. C'était New York, ou Paris. J'avais des amis à Paris, mes parents pas loin. Je me suis concentré, pour accéder à l'Olympe des photographes de mode, sur le journal *Elle* né depuis peu. Moins compassé que *Vogue*, plus moderne. Un reflet de l'éclosion des années soixante. On était nombreux à vouloir escalader cette montagne. J'étudiais les techniques de Penn, d'Avedon. Je devinais quelles focales ils utilisaient, quelles pellicules, quels filtres. Je me les procurais du bout du monde. Tout mon argent passait à cela. J'avançais, sans me soucier de rien d'autre, mais dans ma course, des femmes restaient collées à ma peau, comme des insectes sur un parchemin huilé. Je n'en voulais pas, mais il n'y avait rien à faire. Elles s'accrochaient, elles s'obstinaient, quelques-unes ne réclamaient rien, que d'être là, près de moi, à me regarder, à m'écouter. Je ne savais plus quoi faire. Plus je me rendais inaccessible, plus elles affluaient. J'étais grossier, odieux, intolérant, mais elles étaient toujours là, humbles et patientes. Je finissais par en retirer une image lamentable des femmes, plus on les maltraite, plus elles se couchent. J'attendais l'événement qui briserait ce cercle vicieux. L'événement, ce fut toi. J'ai été frappé en plein cœur. J'étais amoureux.

Il roule le « r » avec un charme toujours présent.

– Moi aussi, j'étais amoureuse. Un coup de foudre. Ça existe, on le sait scientifiquement, maintenant.

Il reprend sa respiration, sifflante comme au premier palier d'une plongée en profondeur.

– J'étais amoureux, mais pas prêt. Tu me dérangeais horriblement.

– La passion, c'est du boulot. Tout ce temps à s'aimer !

– Toi, tu n'avais pas peur. Moi, j'étais terrorisé. Je me demandais ce qui m'arrivait. Tu occupais mon corps, mes pensées, mon sommeil. Tu étais partout. Tu découvrais la puissance de ton pouvoir sur moi, je ne pouvais rien dissimuler. Ta jeunesse te dotait d'une inconscience, d'une liberté qui me sidérait. Tu cavalais à pas de géant dans cet amour, tandis que je m'agrippais au bastingage pour ne pas sombrer. Tu parlais pendant que nous faisions l'amour, ton audace dépassait tout ce que j'aurais pu imaginer. Les hommes sont prudes, dans l'amour vrai. Ils ont un respect sacralisant de la femme qu'ils aiment. Ils sont triviaux avec celles qu'ils n'aiment pas. Tu me disais des mots crus avec la grâce de la sincérité. J'étais bouleversé. Éberlué. Rappelle-toi, j'ai pleuré plus d'une fois.

– Je pleurais aussi. Nous étions secoués par ce qui nous arrivait.

– Je pleurais d'émotion, et de désespoir. De malheur anticipé. Je savais obscurément que je ne pourrais pas assumer cet amour. Tu voulais trop, tu attendais trop. Tu es tombée sur moi comme une avalanche, j'étais submergé, suffoqué. Tu étais trop jeune pour comprendre cela. Tu fonçais comme un bolide, insouciante et intrépide. Tu croyais que la vérité triomphe sur le doute. Que l'évidence de notre union s'imposerait en dehors de nous, comme une arme infaillible. Les hommes sont fragiles et inquiets. Leur sexualité ne les apaise pas, comme vous. Chaque coït aiguise leur clairvoyance, leur triste clairvoyance : le sexe masculin se pavane en érections magnifiques, mais sa semence est dilapidée, éparpillée, périssable. Après l'amour, dès que sa verge s'affaisse, l'homme perd sa fierté, son assurance. L'incertitude le reprend, la peur qu'une prochaine érection ne se produise pas, que sa fonction de mâle s'estompe. Vous pouvez toujours compter sur votre sexe, il ne s'altère pas, il ne se transforme pas. Il s'ouvre et attend, il *est*, il ne *devient* pas. Chaque érection s'accompagne d'un sentiment d'imposture, encore une fois personne ne s'en est aperçu, on s'en est tiré. Encore une fois, on a fait plaisir à maman, on a été un bon garçon, on sera récompensé. Plus le désir est grand, plus l'angoisse tenaille. Cette femme provoque des exploits, combien de temps serai-je en mesure de les répéter ? D'où provient cette énergie ? Quel sortilège m'embarque dans les eaux de l'irraisonné, de l'incontrôlable ? Ma main obéit à mes ordres, elle se perfectionne, elle s'exerce, elle produit des gestes précis, tandis que mon sexe n'obéit pas, il obéit à elle, à cette fée ou à ce démon qui me gouverne, la femme que j'aime. Je ne sais pas si les femmes peuvent comprendre cela. C'est un bonheur jumelé d'un supplice. On se rend, on crâne par ailleurs, sur une moto, en perdant de l'argent aux cartes, en traînant dans les bars avant de rentrer à la maison. Le vantard n'est pas dupe. Il sait qu'il est attaché, aspiré, phagocyté. Il s'en défend de toutes ses forces, mais l'œil de Caïn ne le lâche pas, il se débat, il trompe sa femme, il se méprise encore plus, il se répand en assertions vaseuses, bof, ça n'a pas d'importance, tirer un coup ce n'est jamais que tirer un coup. Je t'ai trompée, une fois.

– Je sais. Je ne te l'ai pas pardonné.

– Tu avais raison. C'était nul. Puéril. Dérisoire. Ton emprise était telle que la moindre sollicitation prenait des airs libératoires. Une phrase malveillante d'un copain ridiculisant la fidélité suffit à exciter l'envie de prouver qu'on a gardé son indépendance, son habileté à séduire. Les hommes sont bêtes et mécaniques. Si on agite un jupon rouge devant eux, leur sang ne fait qu'un tour. Je voyais des jolies femmes toute la journée, celle-là était particulièrement belle.

– Et demandeuse.

– Ne mets-tu pas toute ta féminité devant la caméra, quand tu tournes un film ? Il y a des hommes derrière. En photographie, il n'y en a qu'un seul. Il prend le courant en pleine poire.

– Je sais. C'est hautement érotisant, la photo. Je tremblais que tu ne succombes. Et pourtant j'ai été violemment choquée quand c'est arrivé. Ce n'était pas digne de nous, de ce qui se passait entre nous.

– L'amour est une affaire de femme. L'homme est essentiellement chasseur.

– Tu ne vas pas te réfugier derrière ce lieu commun. Pas toi, je t'en prie.

– Tu vois, ça recommence. Tu m'avais idéalisé. Je ne pouvais plus répondre à tes ambitions. Il fallait que je saccage notre liaison. Que je l'humanise. Que je la banalise. Ce n'était plus vivable.

– Un avertissement, en somme.

– Un appel au secours.

– Tu ne pensais pas que je te quitterais définitivement.

– Non. Tu m'as étonné. Mais au fond, pas tellement. C'était dans la ligne de ce que je te reprochais. Trop exigeante. Trop radicale. Trop aimante. Trop tout.

– Je traversais un moment difficile. J'avais consulté le premier médecin qui avait diagnostiqué ma stérilité.

– Le docteur Samuel, je me souviens. Une brute.

– Une brute, mais perspicace.

– Étais-tu prête à avoir un enfant ? Sois honnête. Tu le désirais. Je le désirais. Mais il nous aurait fichtrement dérangés.

– Un enfant perturbe toujours un couple. Il oblige à des changements. On ne peut pas présumer de nos capacités à accueillir les changements. En général, ils sont heureux. Leur caractère imprévu ajoute à la bonne surprise. Le sort en a voulu autrement...

– Le sort. C'est du sort dont je suis venu te parler. J'ai fait cet effort pour toi. Je ne quitte presque plus mon domicile, je suis fatigué, très fatigué. Il faut que je te dise la vérité. J'ai une maladie embêtante. Je pense que je n'en ai plus pour très longtemps. Ne me pose pas de questions, ne t'apitoie pas, il commence à faire sombre, je ne te vois presque plus mais je sens ton front se crisper, retenir des pleurs. Ne pleure pas. Je ne suis pas à plaindre. J'ai eu une belle vie, j'ai réalisé un certain nombre de choses que je souhaitais réaliser. D'autres, non. La vie est trop courte, ou bien j'étais trop nonchalant, je n'ai pas vu le temps passer. Les femmes m'ont accompagné jusqu'au bout, douces et fidèles. Je les ai torturées. J'ai été impatient, mal élevé, épineux, capricieux. Elles ne me l'ont jamais rendu. Certaines m'ont quitté, comme toi, mais c'était bien comme ça. Les femmes ne font plus cadeau de leur vie. Elles la prêtent généreusement, pour de longues périodes, mais elles peuvent la reprendre à tout moment, si l'essence de leur fonctionnement intime est menacée. Alors elles brisent tous les liens, plient les barreaux de l'amour, comme une lionne en cage. C'est spectaculaire mais pas si rare. Tu peux avoir confiance en ton être féminin. En ton sort de femme. Il est ton allié. Un appel irrésistible te dirige vers ton bien, vers ta place. Je n'étais pas fondamental dans ton développement. Tu étais déjà sur une trajectoire dont tu n'allais pas dévier. C'était impérieux. Tu allais devenir une femme qui s'expose, une femme qui se sent observée. C'était ton sort, un enfant n'aurait rien changé. Je savais que tu étais destinée à d'autres entreprises. Que tu parlerais, que tu écrirais. Tu étais en mouvement, tu es encore en mouvement, et tu n'as pas fini. Moi, j'ai fini, parce que je ne crois plus qu'on attende quelque chose de moi. Dès que j'ai pris conscience de cela, mon corps a commencé à se déglinguer. D'abord les yeux, une subite double cataracte qui a dégénéré. Maintenant c'est la rétine qui flanche. C'est normal, j'étais un homme qui regarde, je n'avais plus besoin de voir puisque je ne découvrais rien de nouveau. Puis l'estomac. Je ne supporte pas la nourriture, malgré mes poudres multiples, les voiles et les emplâtres dont j'ai tapissé mon système digestif toute ma vie, tu te souviens. Et maintenant cette maladie. Elle porte un nom mais ce n'est pas une maladie. Je me dissous, je m'évapore. Ne cherche pas à me revoir. Ce n'est pas la peine. J'ai de toi le souvenir d'une flèche qui vise une cible invisible. Une femme qui a un but. Ce n'est pas commode, de nos jours. Tous préféreront te tirer vers le bas, te ralentir, te diminuer. Ne te laisse pas faire. Tu as encore une distance à parcourir. Le ciel est grand. Fais attention à ce que tu manges. Soigne-toi. Je t'ai aimée. Tu me raccompagnes jusqu'au métro ?

7

Chère Macha,

Tu trouveras ci-joint une enveloppe que nous avons reçue pour toi. Elle contient une cassette audio de marque turque, sans aucune étiquette. Le courrier vient d'Italie, mais il n'y a pas d'adresse d'expéditeur. J'ai essayé de l'écouter sur un vieux walkman avant de te la faire suivre, mais c'est en italien, je n'y ai rien compris. Je te l'envoie telle que le service du courrier des lecteurs de la maison me l'a remise. Nos auteurs reçoivent beaucoup de lettres d'admirateurs fleuries, des poèmes et des photos découpées, mais une cassette enregistrée, c'est une première ! J'espère que ce n'est pas un fou comme ceux qui encombrent nos mails d'obscénités, la voix m'a paru ferme et chantante. Tu me diras ?

Je t'embrasse. Je viens de recevoir tes épreuves. Je

les lirai ce week-end, mais tout va bien, nous sommes dans les temps.

Françoise.

L'enveloppe est restée quelques jours sur mon bureau avant que je me décide à enfourner la cassette dans le lecteur de ma minichaîne stéréo. L'écriture ne me disait rien, ni le nom de la localité dans le Chianti où elle avait été postée. J'avais donc le cœur paisible quand j'ai commencé à l'entendre. Cela n'a pas duré, vous comprendrez. J'ai reconnu aussitôt la voix de Felice, un Toscan qui avait été mon compagnon pendant deux ans. Il était un peu plus jeune que moi, et très sympathique. Chasseur, pêcheur, artiste, je lui dois un grand nombre de mes goûts actuels. Nous nous sommes séparés cruellement, la vie nous a poussés dans des directions opposées. J'en avais gardé un sentiment d'amertume, et lui aussi, cette longue bande enregistrée en témoigne. En voici la traduction littérale.

« Chère Macha, je ne sais pas pourquoi on commence traditionnellement une missive par ces mots : “cher Untel”, “chère Unetelle”, c'est complètement stupide et conventionnel, encore un usage hypocrite qu'il faudrait changer. Tu ne m'es absolument pas chère, au contraire, tu trônes en tête des personnes que je n'aime pas. Je n'ai aucune raison d'être aimable avec toi, tu m'as fourni au cours de nos tristes échanges les raisons de ne pas te porter dans mon cœur. Ton livre en est la dernière.

« Le personnage auquel je corresponds, je suppose, car je t'avoue m'être à peine reconnu, est un benêt de village pour lequel tu as des tendresses et une affection médiocre, proche de celle qu'on réserve aux animaux. Tu t'es approprié la Toscane, et notre histoire, comme une Américaine des années cinquante, en pillant nos pensées et nos manières, dont la racine historique t'a complètement échappé. Tu mets sur le même plan le chou noir en *ribollita* et *La Madonna del Parto* de Piero della Francesca que je t'ai fait découvrir à San Sepolcro. Je n'étais pour toi qu'un guide touristique débitant les trésors du Quattrocento et les coutumes paysannes de nos célèbres collines, en vrac. On se demande si j'étais un homme, ou un robot, un valet muet ou je ne sais quel objet utilitaire. Tu étais de passage, et ça je l'avais compris, mais tu t'extasiais sur notre mode de vie comme pour en chasser un autre, celui de ton mariage qui venait d'échouer. Tu as dévalisé cette terre, ses habitants et ton serviteur pour remplir ton carnet de bonnes adresses, à utiliser plus tard, dans une autre vie. Tu nous regardais comme les bons sauvages de qui il y a tant à apprendre. Tu as été obligée de raboter quelque peu tes grands airs, mais ton attitude générale ne se modifiait pas. Tu étais Leni Riefenstahl au milieu des Massaïs, Karen Blixen parmi les éléphants. Tu nous regardais, tu nous photographiais, tu apprenais nos chansons, mais tu n'adhérais pas, tu restais extérieure, étrangère et hautaine. Les Italiens ont le cœur tendre, tu nous faisais de la peine, perdue dans la Péninsule, ballottée d'un film de série B à une tournée de théâtre minable, nous ne voulions pas t'enfoncer davantage. Mes amis et moi t'avons accueillie avec simplicité et fraternité. Tu faisais semblant de t'intéresser à nos réunions politiques, à nos combats pour la libération des peuples, mais la distance entre nous était grande, abyssale. Tu avais beau te dire solidaire, tu étais une bourgeoise française barricadée dans la certitude d'être plus civilisée, nous autres Italiotes étions en retard de cent ans, empêtrés dans nos provincialismes et nos affinités avec les anarchistes. Que savais-tu, toi, des seigneurs de l'anarchisme, de Malatesta, des communautés de l'Apennin au foulard noir, et des Espagnols que nous hébergions ? Les grandes lignes du bien et du mal en politique étaient toutes tracées pour la marxiste parisienne que tu étais, sans nuance ni anticipation du futur. La justice était à gauche et le pouvoir était à droite, le devoir des intellectuels était de prendre le pouvoir pour le remettre au peuple de gauche. Nous allions beaucoup plus loin. Nous étions en avance de cent ans. Nier le pouvoir sous toutes ses formes, pour rendre à l'homme son autonomie. Vos petites démocraties se débattent avec la corruption et les mesquineries des classes politiques. La révolution totale serait de les abolir, tout simplement. Plus de chefs, plus d'esclaves. Tous maîtres, tous libres, tous responsables.

« Mais je ne m'adresse pas à toi pour te rappeler les principes de l'idéal qui a toujours été le mien. Je veux te parler de toi. Tu m'en donnes l'occasion, puisque tu oses écrire ce livre, en étalant au grand jour tes opinions et tes interprétations. Je te dis tout de suite que tu m'inspires un tel dégoût qu'en d'autres temps plus rudes, j'aurais pu souhaiter te supprimer physiquement. Oui, tu fais partie des personnes qu'on devrait éliminer. On ne fait plus justice soi-même, de nos jours, la moindre vie humaine, même la plus abjecte, est défendue et protégée. Tu resteras impunie. Mais j'aurai procédé à ton accusation. »

Une respiration et un bruit de feuille de papier qu'on retourne.

« Prenons les choses par le début. Tu étais une actrice française exilée en Italie, ta gloire et ton emploi se sont évanouis pendant les années où tu te la coulais douce sur nos côtes et dans nos belles demeures, mettant ton pauvre mari quasiment sur la paille pour t'offrir une Italie séduisante et facile. Bientôt les ennuis pointent, plus d'argent, plus de chauffeur, plus de vacances en Sardaigne. En échange, il faut régler les problèmes d'une famille éclatée, d'enfants d'autres unions, de parents malades. Cela ne t'amuse plus du tout, même si les enfants sont ravissants et un peu amoureux de toi, l'Étrangère toujours béate et bien coiffée. Tu décides de les prendre en charge, avec une nounou tout de même, et le mal est fait, tu plonges dans l'engluement de la vie de famille. Au début, c'est charmant, te voilà affublée de deux bambins sans avoir pris la peine de les enfanter, et tu joues à la poupée sous les applaudissements de l'entourage, quelle femme admirable, généreuse, affectueuse et infatigable. Bientôt tu t'ennuies, la routine des horaires de l'école, des cours d'escrime et de tennis pèse sur l'autre femme en toi. Qu'est-il advenu de l'actrice de la Nouvelle Vague, choyée et photographiée ? Tu t'inquiètes, tu pestes auprès de ton agent de Paris, de ton agent de Rome. Rien ne bouge. Tu es oubliée, ensevelie sous le bonheur familial. Une proposition arrive enfin de France, très malvenue entre les plans de vacances fixés depuis longtemps et les travaux de peinture dans l'appartement. Mais tu acceptes, affamée de respirer l'air vicié des plateaux de cinéma. Ton mari, accablé de responsabilités, t'en veut un peu, cela se comprend. Il exige que tu reviennes immédiatement après le tournage, mais tu vis un flirt fripon avec ton producteur et tu repousses la date du retour. Un ultimatum inévitable te rappelle que tu es mariée, que tu as pris des engagements, que la situation d'une épouse est différente de celle d'une célibataire, partout dans le monde.

Tu t'arraches au Festival de Cannes pour rentrer au bercail, de très mauvaise humeur. Le producteur montrait des signes de folie, et ta position auprès de lui devenait bancale. Tu files doux pendant encore un an, les enfants sont de plus en plus prenants, ton mari distille désormais sa confiance au compte-gouttes, tu exploses à nouveau, et le mot divorce est prononcé. Tu te libères du poids de la famille, tout en espérant conserver des liens divertissants avec les enfants. Pas de chance, ton ex-mari les embarque dans une autre ville, et les enlève à ta vue. C'est à ce moment-là que nous nous sommes rencontrés, pendant le film de Dario Argento.

« Au cours d'un essayage de costumes (j'étais directeur artistique), tu m'as alpagué avec une audace et une détermination que je n'avais jamais rencontrées chez une femme. Tu apprends que je rentre à Florence le soir même, et tu proposes de m'y accompagner, tu ne connais pas la Toscane, quelle occasion rêvée. Je subis ton charme, je le reconnais, j'accepte, sachant que je n'ai pas où te loger, sinon dans mon lit. Pendant ce premier week-end, tu étais flottante, vague et souriante comme une femme ivre, tout te plaisait, tu suivais ce qu'on faisait, tu allais là où on allait, ma sœur, mon beau-frère et leur fils te trouvaient exotique et merveilleuse. Tu as dormi dans mon lit sans protester, et tu t'es incrustée dans ma vie à partir de cet instant-là, pour mon malheur. J'ai vite compris que j'étais un médicament, une pilule de jouvence qui te permettrait de surmonter le trauma dans lequel te plongeait la séparation d'avec les enfants et ton mari, dont tu avais sous-estimé la volonté. Je t'ai assistée pendant les jours pénibles où ton dentiste a jugé devoir t'enlever les quatre dents de sagesse, ton organisme exprimait ainsi son dérèglement. Tu parlais fort, tu riais fort, tu te montrais invincible, mais la peau de ton visage se maculait de taches et de boutons de fièvre. Je me disais que tu n'étais pas dans ton état normal, mais ton besoin de tendresse me touchait et me rappelait mes propres crises de détresse, depuis que j'avais perdu ma mère. Nous avancions, tels l'aveugle et le paralytique, unis par le vide apparu devant nous. Le tien devait se combler, le mien jamais.

« Mais j'avais des ressources que tu n'avais pas. Mes échappées dans les bois et les vallons à la recherche des émotions enracinées dans mes gènes de chasseur et de pêcheur t'intriguaient. Tu as voulu m'accompagner, empoisonner ce dernier refuge où je pouvais être moi-même, bien que te lever à quatre heures du matin, dans le noir de l'automne finissant, te coûtât atrocement. Tu te traînais derrière moi en bâillant, décidée à voir les canards avant moi, et à m'annoncer fièrement que tu avais reconnu le sifflement d'une grive. Tu t'appliquais, il n'y avait rien à dire, mais tu bouleversais ma relation à la solitude et à la nature. À deux, ces aubes devenaient des safaris pour visiteurs, je m'inquiétais que tu ne trouves le temps long, et que tu ne prennes froid. Mon plaisir disparaissait face au tien, il fallait à tout prix que tu sois émerveillée et ravie. »

Bruit de papier.

« Tu faisais peau neuve, disais-tu, sans songer que tu écorchais la mienne. Tes besoins étaient prioritaires. Tu devais reprendre des forces pour te relancer dans le grand monde, plus ambitieuse que jamais. Je t'ai vue refleurir dans le cercle modeste mais sincère où je te conduisais, parmi mes amis artisans, les musiciens et les comédiens avec lesquels je travaillais, dans les troupes de ce théâtre expérimental qui semblait te passionner. Tu n'avais pas d'attaches avec cet univers-là, mais tu t'es rapidement conformée, à t'entendre tu en connaissais les rudesses. La lutte des classes et les révoltes ouvrières étaient ton pain quotidien. Je savais que la chance t'avait souri dès ton premier film, et que tu n'avais jamais galéré, mais je voulais croire à ta prise de conscience, que ta déception sentimentale aurait provoquée. Tu es talentueuse, tu es une imitatrice étonnante, tu maniais habilement les intonations et les expressions florentines. Tu régnais, incontestée au milieu de mes amis et de mes parents. Tu adoptais mes habitudes avec enthousiasme. Le camping en Turquie c'était pour toi, quelle horreur les hôtels de luxe. Le pain noir et le *pecorino*, avec un peu d'huile d'olive, c'est meilleur que les langoustes. Et les godillots, qu'on ne change pas de tout l'été, sont les seules chaussures intelligentes et valables. Tu as tenu deux ans, presque trois. Tu as tourné quelques films, quelques comédies pour la télé, rien de glorieux. Sexuellement, nous étions quelconques. Tu paraissais ne pas en souffrir, tu avais décidé que tout était bien dans notre vie, tu ne me critiquais jamais, à part des minuscules manies qui t'amusaient plus qu'elles ne t'irritaient, mes poches remplies de bouts de ficelle, de clous et de croûtes de pain pour nourrir les carpes, le soir, en passant sur l'Arno. Tu n'avais pas d'autres amis que les miens, tu as reçu une de tes sœurs, une fois, qui se montra enchantée de tes nouveaux choix. D'une certaine manière tu étais rentrée dans le rang, tu t'étais rendue, casée, dans les plus beaux paysages du monde, une chance. Nous faisions fi des problèmes d'argent, d'avenir, de maisons, nous vivions au jour le jour, locataires de ma sœur et insouciants comme des oiseaux. Il y aurait toujours un ami pour nous inviter à ses repas de chasse, et un boulot pour l'un ou pour l'autre, de quoi nous payer le train de vie d'étudiants qui était le nôtre.

« Je pense que ta sexualité t'a laissée en paix pendant cette période, non pas parce que tu étais heureuse, mais parce que tu étais endormie, en hibernation. L'idée d'un enfant ne nous a jamais traversé l'esprit, nous nous comportions comme des enfants nous-mêmes, deux grands blessés qui remettaient la vie à plat pour en inventer une autre. »

La bande s'arrête. Je retourne la cassette. Mes mains sont moites. J'ai un instant d'hésitation. Vais-je l'écouter jusqu'au bout ? Je sais bien que oui.

« Je me posais mille questions, mais toi, visiblement aucune. Tel un arbre en hiver, tu attendais le printemps pour renaître. C'est au printemps, d'ailleurs, que tu as rencontré Fabio. Tu m'as menti, mais j'ai tout de suite compris qu'il s'était passé quelque chose. Une lumière s'était allumée dans ton œil, une lucarne d'espoir. Il était un grand photographe international, il pourrait te ramener au-devant de la scène, dans le monde qui te revenait de droit. Pendant les mois de ton infidélité, tu étais mielleuse et pateline, tu me faisais des compliments sur mon travail, tu me faisais des cadeaux. C'était ignoble. Tu me traitais comme un mari, comme une assurance à ne pas perdre. Tu avais un visage de maquerelle, trouble, insinuant. Je ne disais rien parce que je suis timide, et que dans mon for intérieur je minimisais l'importance que tu avais prise. Je te méprisais en silence, je retardais l'heure de la mise au point. Je m'en suis voulu, je t'en ai voulu, je ne comprenais pas pourquoi tu me maltraitais ainsi. C'était contraire à nos idées libertaires, à notre engagement féministe, à notre recherche de la vérité, dans l'art et partout. Les mois passaient et tu prolongeais cette double vie, ce double langage. Tu séjournais de longues semaines à Rome, dans ton petit appartement de location, et à Naples où tu disais que tu travaillais avec lui sur un projet de film. Mes amis avaient compris, et moi, comme un idiot, je te défendais, je décrivais tes difficultés, tes talents, je brodais, j'enjolivais. J'attendais que tu me parles, je souffrais de l'humiliation que tu me faisais subir. Mais j'espérais, les hommes sont lents à se décourager, en amour, ils ne croient jamais à la défaite.

« Quand tu m'as parlé, tu m'as fait l'affront de mentir encore. Il fallait que tu rentres à Paris, un projet de théâtre t'y appelait, toutes les raisons de mettre une distance entre nous étaient bonnes. J'ai suggéré que tu reprennes ta liberté, mais tu as juré que tu m'aimais, et ce soir-là nous avons fait l'amour comme deux adolescents, en gigotant de tous les côtés. Tu ne t'es pas aperçue que je pouvais enfin retenir mes orgasmes. En vérité, ils n'arrivaient pas, je m'étais dédoublé, je me voyais faire l'amour avec une femme méprisable qui me prenait pour un con, un esclave qu'on peut manipuler et posséder à sa guise. La haine s'est infiltrée dans nos rapports, elle ne devait plus cesser de grandir et de prospérer.

« La haine est un lien aussi fort que l'amour. Je te haïssais, mais je voulais voir jusqu'où tu irais. Les deux années qui ont suivi ont été un enfer que je ne revivrai jamais plus. Dix fois tu m'as appelé et abandonné dans des conditions similaires. Tu voulais te faire pardonner, tu sanglotais, perdue et repentante, et tu repartais avec la même urgence, la même indifférence. Tu me portais aux nues, j'étais le seul homme droit et humain que tu aies rencontré, mais tu me bafouais le lendemain en te précipitant à un nouveau rendez-vous de ton amant, dont tu me disais pis que pendre. Je te regardais te débattre, avec répugnance, mais ce spectacle affligeant me fascinait, et c'est pour cela que je t'en veux. Tu as fait de moi un homme cynique et fataliste durant de nombreuses années. Je vais mieux, je te rassure, une analyse de huit ans m'a aidé, et Renata est une belle personne, pas toujours simple mais profondément honnête. Je vis beaucoup à la campagne, dans une bicoque qu'elle a achetée avec un petit héritage et que nous retapons ensemble.

« Ton livre ne nous a pas choqués, il nous a écœurés. Ta victoire permanente sur les hommes est grotesque et fausse. Tu as pris la fuite dans toutes les situations, dès qu'elles devenaient pénibles. Tu n'as pensé qu'à ton bonheur, ton confort plutôt, car le bonheur tu ne le connaîtras jamais. Tu es une éternelle insatisfaite, tu n'as pas compris ceci : le bonheur s'acquiert, se fabrique, se pétrit, comme une pâte, avec patience. Il est constitué de moments heureux et de souffrances mélangés, de foi et de tolérance. Tu as couru toute ta vie, tu ne t'arrêtes nulle part, il n'y a aucune chance que tu sois heureuse, tu écumes le meilleur de chacun, tu prends ce qui t'arrange, tu donnes ce qui t'arrange. Tu te racontes des bobards, pour survivre à ta lâcheté. Tu n'affrontes rien, tu surfes sur les opportunités, en espérant passer au travers des vraies épreuves, dont tu te félicites qu'elles n'arrivent qu'aux autres. Tu t'illusionnes, tu continues à chercher à plaire, à briller, mais tu es passée à côté de toi-même, tu as brisé des cœurs et des vies pour rien, pour être une pauvre fille qui appelle encore au secours à travers ses livres, ses chansons, mais à qui on ne peut que répondre : "Va au diable, va te faire foutre, tu as dansé toute ta vie, et bien chante maintenant." »

Suit un vieil enregistrement crépitant d'un chant de prisonniers, un classique du début du siècle dernier. Les paroles en dialecte toscan disent :

Un jour les murs tomberont,
Les soldats jetteront leurs armes,
Libres, nous sortirons
Pour embrasser nos femmes.

8

Cara Mascia,

Je vais essayer de t'écrire en français, et s'il y a des fautes, pardonne-moi en avance. Je ne parle plus très souvent le français depuis que tu es partie, et même alors, tu avais si rapidement appris l'italien que mes chances de me perfectionner avaient disparu.

Mon fils Rodolfo a beaucoup insisté pour que je lise ton livre, et je l'ai trouvé amusant, écrit avec *libertà* et *sportività*. L'épisode de notre mariage est émouvant, je pense que tu as voulu te remettre dans l'ambiance de ces années-là et tes belles descriptions de l'Italie m'ont fait chaud au cœur.

En revanche, ton analyse de notre union et des raisons de son échec me paraît un tant soit peu fantaisiste, et peu objective. Je ne conteste pas tes sentiments et tes *delusioni*, je n'étais pas à ta place et je ne suis pas une femme, mais je ne suis pas d'accord sur les causes qui ont provoqué notre rupture. Nous n'avons jamais eu de franche conversation à ce sujet, souvent les acteurs d'un drame sont ceux qui connaissent le moins les forces qui les animent. Un personnage de roman, ou d'un film, est aveuglé par sa position sur l'échiquier, et nous l'observons se tromper, s'affoler, prendre les décisions contraires à son intérêt sans pouvoir l'aider. Chacun doit accomplir son destin, en passant par tous les errements induits par sa position, par la partialité de son regard.

Aucun homme ne convient parfaitement à aucune femme, surtout s'ils se rencontrent à l'âge adulte, déjà formés par des cultures, des choix et des engagements. C'était notre cas, j'étais un metteur en scène primé dans plusieurs festivals, tu étais une actrice lancée par la Nouvelle Vague. Si en France tu avais marqué les esprits par ta présence dans le film de Godard, en Italie, tu étais portée au rang des icônes, à cause de l'admiration que nous avions pour ce cinéma-là. Nos yeux étaient braqués sur les films français qui nous parvenaient, les Italiens ont toujours été *esterofili*, ce qui n'est pas le cas des Français. Notre cinéma était apprécié mais pas pris au sérieux. *L'Avventura* d'Antonioni fut sifflée à Cannes et seules les comédies populaires avec Alberto Sordi traversaient la frontière. Mais passons, cette petite guerre déloyale dure encore, notre jeune cinéma est ignoré, tandis que vous défendez très bien le vôtre. Tu es arrivée en Italie auréolée par ton image d'intouchable, et j'ai succombé comme les autres. De mon côté, j'étais un producteur original, qui soutenait les documentaristes dont l'éthique a servi partout de bible aux nouvelles cinématographies, mes chers Joris Ivens, Chris Marker et Jean Rouch. Toi et moi, nous étions deux forces naissantes, dans des secteurs rapprochés. Pas étonnant que le courant soit passé entre nous, que l'étincelle ait allumé une flamme et notre désir d'unir nos destinées.

Cette flamme, comme le petit bois dans un feu de cheminée, sert à attaquer les grosses bûches, qui sont nos différences et nos incompatibilités. Elles ne manquaient pas. Tu avais reçu une culture nordique, citadine et internationale, je venais de la province d'un pays méditerranéen, à forte influence papale. Nos lectures n'avaient pas été les mêmes, nos goûts alimentaires, artistiques étaient aux antipodes, et ce gap culturel creusait le fossé. Notre raffinement t'a surprise, éblouie, dirais-je, et très franchement je te trouvais assez *rustica*, pour une Parisienne, princesse de surcroît. Tu ne connaissais rien aux questions de santé, d'hygiène. Ma mère avait été infirmière pendant la guerre, elle nous avait fait bénéficier de ses connaissances, mais toutes les femmes en Italie savent faire une piqûre et un bandage. Toi, tu ignorais la différence entre un rhume et une angine, entre une indigestion et une crise de foie. Tu t'étonnais de nos bidets dans toutes les salles de bains, de nos talcs et de nos huiles d'amande. Je te montrais en souriant que les Étrusques connaissaient déjà les savons, et que les Romains avaient inventé les canalisations et l'eau courante, chaude et froide, pendant qu'en France on dormait avec les chevaux et les chiens dans des salles sans chauffage et sans latrines. Tes origines russes te dotaient de réflexes d'émigrée, tu absorbais voracement tous les enseignements qui te semblaient bons, et tu devins une Italienne plus italienne que les Italiennes.

Cependant, tu sais que je suis un peu devin, *mago*, magicien ? on dit comme ça ? Je lisais dans ton âme, depuis le premier jour. Tu cherchais quelque chose que je pouvais peut-être te donner. Tu avais reçu les premiers signes sérieux de ta stérilité ; les médecins et la science s'avouaient vaincus. Les formidables progrès actuels étaient encore loin. Je prévoyais ton chemin de croix futur. Je pressentais qu'instinctivement tu m'avais choisi parce que j'avais des enfants en bas âge, et que la situation instable de leur mère laissait présager qu'un jour ils vivraient avec nous. C'est ce qui se produisit. Grâce à mon insistance souterraine le nœud infernal qui s'était noué se desserra. Je veux bien que la pauvre Flavia ait souhaité te confier les enfants personnellement, mais si je n'avais pas œuvré dans l'ombre, elle ne se serait jamais décidée. Tu ne sais pas tout, je t'ai protégée des horreurs qui se disaient sur nous, sur moi, sur toi. Je voulais protéger les enfants avant tout, c'est vrai, mais je ne te sentais pas assez forte pour supporter avec moi les ignominies qu'une femme abandonnée peut déverser. Lettres d'avocats, procès, menaces, rumeurs, délations, tout était bon pour miner le bonheur nouveau que je vivais avec toi. Tu étais rayonnante, tu ne te rendais pas compte que tu étais une insulte à toutes les femmes seules, délaissées ou déçues. Tu ne me simplifiais pas la tâche, avec tes cadeaux aux enfants, les jeux et les blagues que tu leur apprenais et qu'ils répétaient immédiatement, amusés et conquis. La lutte fut sévère, mais nous avons gagné grâce au désir profond qui t'habitait : ces enfants seraient les tiens. Si on racontait cela à un juge aujourd'hui, on serait passibles de prison. Ravisseurs d'enfants. Une pauvre mère innocente dépossédée. Et pourtant c'était le destin, le chemin correct pour toutes les personnes en cause. La loi est juste, mais pas toujours bienfaitrice. Le bien se glisse parfois entre les lois. Les situations particulières engendrent des solutions particulières. Tout se mettait en place naturellement, comme les pièces d'un puzzle. J'en éprouvais une grande satisfaction, je sentais que j'avais obéi à des sentiments plus avisés que l'amour banal des parents pour leurs enfants, et vice versa. J'avais favorisé une création, une formule valable pour nous seulement, issue du cœur plus que de la raison. Le spectacle de l'amour débordant que ces enfants te portaient avait de quoi réjouir. Tu leur répondais avec finesse et chaleur, tu étais tournée vers eux, tu leur appartenais. Ma mère n'en revenait pas. Elle n'avait pas toujours été favorable à notre rencontre, j'imagine que les mères n'acceptent jamais complètement leurs brus. La réussite de notre famille mit fin à toutes ses critiques, elle maintenait que tu ne savais pas faire la cuisine mais tu étais une bonne mère pour ces enfants enfin stabilisés. Elle entreprit de t'apprendre à cuisiner, et de te transmettre les secrets de maîtresse de maison qu'une bonne Émilienne garde pour sa propre fille. Elle était un peu trop souvent à la maison, je le reconnais, mais elle aussi, *povera donna*, avait besoin de se reposer de l'austérité de mon père, et des caprices de mon frère qui habitait encore chez eux.

Quand le ciel est trop bleu le matin, il faut se méfier. Cela ne promet pas de beau temps pour l'après-midi. Ton euphorie n'allait pas durer. Mes soucis professionnels dont je ne te disais qu'une partie, m'empêchaient de faire face à nos besoins financiers, et m'obligeaient à recourir à l'aide de mes parents. Ils payaient la femme de ménage, l'Anglaise qui gardait les enfants, nos vacances et quelquefois le loyer. Les revenus d'un producteur de documentaires sont aléatoires, et ton existence m'obligeait à des projets ambitieux, afin que notre couple se situe dans le milieu jaloux du cinéma. Ta confiance en moi était à double tranchant. D'un côté tu me stimulais, mais de l'autre tu m'entraînais dans des territoires qui n'étaient pas les miens, ceux de la fiction et du long-métrage, où sévissait une compétition féroce à laquelle je n'étais pas préparé. J'étais un universitaire détourné, un homme d'étude et de recherche. Le monde de la télévision m'attirait, mais j'entrevoyais les dangers de ses fourches Caudines. J'avais développé une autorité calme qui opérait très bien auprès des fonctionnaires et des responsables politiques. J'obtenais presque toujours ce que je désirais, en général des financements. L'univers spéculatif du film de rapport, exploitable dans des salles par des distributeurs insatiables, m'était étranger. J'admirais Bellochio, et Bertolucci qui naviguaient sans problèmes dans ces eaux marécageuses. Tu espérais que je me mesure à eux, et je savais que j'en étais capable, mon talent valait le leur. Mais il n'est pas aisé de trouver la porte d'entrée de ce cercle étroit et convoité. Je n'avais pas la manière. Pas assez de superbe, ou trop, selon les avis. Je m'étais offert une belle Étrangère, que voulais-je de plus, briller à ses yeux, ou m'expatrier avec elle, ou la promouvoir, joyau déplacé dans ce pays de bouffeurs de *pasta* ? Je percevais les sous-entendus autour de moi, à moins que mon orgueil latin ne me les sifflât aux oreilles. Rossellini avait raté avec Ingrid Bergman, le talent de la Suédoise s'était enlisé quelques années sur nos terres, jusqu'à ce qu'elle retourne triompher à Hollywood, peinée, divorcée et soulagée. Qui étais-je pour prétendre réussir là où d'illustres prédécesseurs avaient échoué ? Romy Schneider avait fui Visconti et Ingrid Thulin végétait dans la banlieue de

Rome, entourée de ses chiens. Les seules Américaines qui résistaient à l'adoration destructrice des Italiens étaient les bombes sexuelles déjà éjectées des studios et les hippies éjectées de la société.

Mais je savais à quoi m'attendre. Je n'avais pas épousé une gentille femme au foyer, j'avais un spécimen hors catégorie qui consentait à gérer mon ménage et mes problèmes familiaux en échange d'un projet cinématographique commun. C'était équitable, mais ta contribution constante faisait pencher la balance de ton côté, je me trouvais constamment en dette vis-à-vis de nos objectifs. Tu ne te plaignais pas, mais le propre d'un chef est de prévoir et d'anticiper les événements. Je pressentais que tu exploserais un jour. Il fallait à tout prix que je produise un film dans lequel tu pourrais prendre part.

Nous avions rencontré et sympathisé avec Alberto Moravia, nous lui demandâmes les droits d'un roman qui n'avait pas encore été porté à l'écran : *L'Amour conjugal.* Thème éternel inspiré de la sublimation freudienne, un écrivain en mal d'inspiration prie son épouse de faire chambre à part pendant le mois de vacances où il espère écrire un roman. Quand une nuit, il dépose le mot « fin » sur la dernière page, il se précipite chez sa femme pour lui donner le manuscrit à lire, mais ne la trouve pas. Le lit n'est pas défait, la porte-fenêtre est entrouverte, et il voit, au fond du jardin, la robe claire de sa femme qui se fait lutiner contre un arbre par le barbier du village. Il retourne dans sa chambre, relit son texte et prend conscience qu'il est mauvais. Le double sacrifice n'aura servi à rien.

Tu t'enthousiasmes pour ce sujet, nous engageons la femme de Moravia, Dacia Maraini, pour écrire le scénario et le réaliser, et nous mettons la production sur pied, non sans mal. Tomas Milian sera ton partenaire. Le tournage en Sicile fut émaillé d'incidents, techniciens en grève, pellicule volée, comédiens brûlés par le soleil, réalisatrice atteinte de crises d'hystérie, mais chaque film connaît ses avatars. Les enfants vinrent passer leurs vacances dans l'hôtel où tu résidais, pour ne pas les décevoir. Tu me l'as reproché, tu menais de front la vie d'actrice et celle de mère de famille, c'était au détriment des deux, disais-tu.

Le résultat fut que les rushes du film étaient navrants, et que nos espoirs d'épater nos amis s'amenuisaient de jour en jour. Le film eut une sortie honorable tout de même, quelques critiques furent indulgentes, on ne pouvait pas démolir complètement le géant Moravia. En ce qui te concerne, tu étais une chrysalide. Ni étrangère, ni tout à fait *nostrana*, malgré la parfaite voix milanaise qui t'avait doublée. Tu étais hybride, blonde comme nos actrices du moment, bronzée et pulpeuse, mais étrange, suspendue d'un plan à l'autre comme un angelot de Noël, au sourire fade et figé. Tu n'étais plus du tout la piquante petite

Française au type slave, insolente et fragile. Je n'y comprenais rien, et je crus que tu étais l'actrice d'un seul film, une étoile filante échappée dans l'espace. Ta vie de femme avait largement pris le dessus, tu t'y donnais davantage, sans retenue ni réserve. Ton chef-d'œuvre du moment, c'étaient les enfants. Vos rires, votre complicité, votre amour. L'actrice ne recevait que des restes, elle ne se nourrissait plus de sève principale.

Je l'ai compris à la fin de ce film, et je pensais que tu le comprendrais également, avec le temps. Mais je me trompais. La suite a prouvé que tu as préféré tout saccager, plutôt que de renoncer à ton désir de jouer, et aujourd'hui, d'écrire. Les femmes sont curieuses, elles mettent toute leur énergie à obtenir l'impossible, puis elles repartent à la conquête d'une nouvelle lubie, en oubliant que leur vie est déjà programmée, pleine, surchargée. Les femmes modernes, je veux dire, car nos mères n'étaient pas comme cela. Vous voulez tout, le rôle traditionnel de femme et tous les autres. Séductrice, *success woman, pasionaria, diva*, consommatrice et fleur bleue. Vous ne choisissez plus, vous prenez le compagnon le plus apte à accepter ces variations et, ne parvenant pas à tout mener de front, vous êtes contraintes de jouer ces rôles les uns après les autres, en abandonnant momentanément une vie pour une autre, et en espérant retrouver le paysage inchangé à votre retour. Désolé, ça ne marche pas. Le *pendolarismo*, je ne sais pas si ce mot existe en français, les allers-retours d'un lieu à un autre, c'est une invention cruelle du monde du travail de notre époque. Mais le morcellement de la personnalité, c'est calamiteux, c'est la destruction, à terme, des couples, des familles. Tu avais eu la chance de trouver ton noyau familial, d'une façon inusuelle et audacieuse, mais tu voulais encore plus, toujours plus, dans une course où je ne pouvais pas te suivre. Tu dis : les femmes peuvent tout. Elles sont fabriquées pour assumer plusieurs fonctions, des plus humbles aux plus sophistiquées. Elles soignent, elles éveillent, elles soutiennent, elles consolent, elles ensorcèlent, elles gratifient et elles punissent. Je ne crois pas qu'elles trouvent le bonheur à s'éparpiller. Il suffit d'un membre de la cellule familiale pour se mesurer aux dangers extérieurs. L'homme est bâti pour cela. La femme a besoin de protection et de calme, pour répandre la sérénité. Je sais, ces idées sont d'un autre temps. Mais elles ont fait leurs preuves, tandis que vous vous agitez, en quête de réponses impossibles.

Tu mets l'accent sur la sexualité, dans ton livre. C'est un angle comme un autre, qui pèche par répétition et ennui. Encore une mode d'aujourd'hui, peut-on expliquer les rouages subtiles d'une liaison par les accouplements charnels ? Que démontrent-ils ? Que certains sont plus doués que d'autres, que le mâle et la femelle ne s'expriment pas de la même manière ? La belle trouvaille ! Il suffisait d'observer le lion et la lionne, le lapin et la lapine, le papillon et la papillonne. Nous ne différons guère, nous les humains, nous sommes un peu plus complexes, et *basta*. En tout cas, je te félicite de ton palmarès, je ne te croyais pas capable d'une telle vitalité. J'ai sans doute raté quelque chose ! Je ne voyais vraiment pas en toi une femme intéressée par le sexe, et je suis probablement coupable. Je ne me suis pas beaucoup occupé de cette question, tout au long de ma vie. Je prétends que c'est une chose naturelle et sans histoire dont on parle trop.

Si je t'écris, c'est pour deux choses. Je dois venir à Paris pour présenter une rétrospective de mes films, et je serais heureux que tu viennes à la soirée d'inauguration à l'Istituto Italiano. Il y aura le directeur de la Cinémathèque et peut-être le nouveau ministre de la Culture. À ce propos, je sais que tu le connais, pourrais-tu lui envoyer ce livre sur moi réalisé par l'Université de Bologne, avec un mot de toi ? Je pense qu'il y serait sensible. Enfin, si ce n'est pas trop te demander, je n'arrive pas à joindre Michel Ciment, de *Positif*. Pourrais-tu lui envoyer une invitation, c'est gentil.

Rodolfo poursuit sa carrière d'acteur avec succès. Je sais que tu le suis et que tu le secondes. Je t'en remercie et je t'embrasse comme un homme qui ne t'en veut pas, et qui te souhaite de trouver enfin ton chemin.

Massimo.

P.-S. Ci-joint un fascicule de *Cinema contro tutti* et deux invitations pour ma rétrospective.

9

– CETTE place est libre ?

Un grand jeune homme s'est approché. Il parle doucement, le brouhaha de la réception couvre sa voix.

– Pardon ?

– Puis-je m'asseoir à votre table ?

– Je vous en prie.

Il me tend la main d'un geste affable et réservé.

– Je m'appelle Benoît.

– Mach...

– Inutile, je sais qui vous êtes.

– On ne sait jamais, avec les gens de votre génération. Les films se suivent et vous ne retenez que les derniers. Les miens sont déjà historiques.

– Je ne vais pas beaucoup au cinéma. Je dois vous avouer que je ne vous ai jamais vue dans un film. À la télévision, quelquefois. Vos interviews. Les photos dans les journaux. Je vous ai remarquée.

– Remarquée ?

– Pour votre façon de parler, de bouger.

– Dans mes rôles ?

– Non, dans vos apparitions. Je vous observe depuis un certain temps.

– Ah bon ? (Un silence.) Que faites-vous dans la vie ?

– Je me le demande.

Nous nous regardons sans rire. Il m'est reconnaissant de ne pas rire.

– Vous êtes journaliste ? Publicitaire ? Écrivain ? Ou infiltré des Renseignements généraux ?

Il sourit.

– J'observe les gens. Je vois tout, même des choses que je ne voudrais pas voir. Mais je ne me souviens de rien. Je suis même assez distrait. Vous, je me souviens. (Un silence.) Je vous ai vue en voiture, un après-midi. Boulevard Saint-Germain. Je roulais à côté de vous. Vous alliez vite. Vous passiez les feux à l'orange. Une Twingo noire, c'est ça ?

– Une Twingo noire. Exact.

– J'ai pensé : un jour je connaîtrai cette femme.

– Vous ne m'avez pas abordée, pourtant.

– Vous ne me regardiez pas. Vous étiez occupée, peut-être parliez-vous au téléphone.

– J'ai un mains-libres, en effet. On doit avoir l'air de fous, quand on parle tout seuls dans les voitures.

– En voiture, les gens font des gestes étranges, comme si personne ne les regardait.

– Je faisais des gestes étranges ?

– Non. Vous étiez pressée, projetée vers ce qui vous attendait.

– On est toujours en retard à tous les rendez-vous, à Paris. Mais je devais rentrer chez moi, j'habite dans le cinquième.

– Vous sembliez connaître la route par cœur. Je vous ai suivie pendant un certain temps. Puis je vous ai perdue.

– Eh bien, me revoilà ! En ligne droite de Saint-Germain-des-Prés à Saumur. Dans une fête de vignerons !

– Les lignes droites ont des courbes. Les mathématiciens le savent.

– Vous êtes mathématicien ?

– Non. Mais je voudrais bien.

– On dit que ce sont les derniers poètes. Voulez-vous un peu de ce chinon ?

– Non merci. Je préfère le vin blanc. Il doit y avoir du menetou-salon, quelque part.

Il se lève pour aller en chercher sur une autre table. En se courbant au-dessus des chandelles, il ressemble au grand Aladin des anciennes boîtes d'allumettes Seita.

– Vous êtes trop grand pour ces caves voûtées. Vous devez vous cogner.

– Sans arrêt. Je mesure deux mètres. Les maisons ne sont jamais faites pour moi. Les sous-sols, n'en parlons pas.

Nous buvons nos vins différents en silence.

– Vous ne m'avez toujours pas dit ce que vous faites ici.

– Je suis un ami des organisateurs. Je m'occupe d'art. Je dirige le Centre d'art contemporain qu'ils sponsorisent, dans des locaux adjacents.

– Ah oui, j'ai vu un grand bâtiment. Je me demandais ce que c'était. Une halle dix-neuvième ?

– Autrefois c'était une usine électrique.

– Vous exposez des artistes ?

– Oui. Deux ou trois fois par an.

– Quel genre ?

– En ce moment, nous avons Honegger, je ne sais pas si vous connaissez.

– Il est parent du musicien ?

– Pas du tout. Ou de très loin.

– Non, je ne le connais pas, pardonnez-moi.

– Pas grave. Personne ne connaît l'art contemporain en France. Nous sommes dans un pays de lettres. Moi, je suis un visuel.

– J'ai compris cela.

– Mes yeux enregistrent les images malgré moi. Parfois, je voudrais me débarrasser de certaines affiches, de photos en couverture des magazines. Mais je ne peux pas.

– Les murs des grandes villes sont un cauchemar pour vous.

– Et les devantures, les publicités. Et pourtant j'adore les villes. Les grandes villes. J'étais un provincial. Je n'en pouvais plus. J'avais hâte de vivre à Paris.

– Vous vivez à Paris, maintenant ?

– Oui. Depuis cinq ans.

– Moi, je rêve de m'installer à la campagne. Mais ce n'est pas réaliste. Tout se passe à Paris, c'est un fait.

– Et à Tokyo, à Pékin, à Singapour.

Les autres convives reviennent du buffet, l'assiette débordante de cochonnailles et de taboulé. Au bout de la table, Jean-Claude Brialy, enroulé dans son écharpe, reprend une histoire drôle interrompue. L'orchestre attaque une samba, on ne s'entend plus. Benoît se penche vers moi :

– Vous mangez ces choses-là ? Voulez-vous que j'aille vous préparer une assiette ?

– Merci, non. J'irai moi-même tout à l'heure. Je n'ai pas très faim. Allez-y, n'attendez pas, les plats sont vite dévalisés.

– J'ai déjà dîné. Je mange toujours avant les réceptions, je sais ce qu'ils servent.

– Vous pensez qu'ils nous empoisonnent ?

– Je suis végétarien. Il n'y a jamais rien pour moi dans ces buffets.

– Pas commode, par ici. Pays de rillettes et de fritons. Je n'en mange jamais, moi non plus. Mais ici, quelquefois...

– Vous venez souvent ?

– Chaque année. Je suis aussi gastronome, j'ai écrit des livres de cuisine. Très personnels, mais j'ai eu du succès. Je suis dans le jury Épicure de ce festival du Livre et du Vin.

– Vous avez choisi votre lauréat ?

– Pas encore. Nous délibérons demain. J'ai beaucoup aimé un livre sur la cuisine gréco-romaine. Passionnant et docte. Je connais les auteurs. Deux femmes très sérieuses du CNRS.

– J'aurais imaginé que vous défendriez un livre plus chatoyant, plus gourmand.

– Pourquoi ? Vous pensez que la cuisine n'est qu'une affaire sensuelle ? Qu'une actrice aime forcément les promesses de plaisir, l'étourdissement ?

– Je n'ai pas dit ça. Je pense que vous aimez ce qui peut se transmettre aussitôt, améliorer la vie de chacun.

– Vous vous en sortez bien. Vous étiez au bord de la gaffe...

– Je ne sais pas masquer ce que je pense. Je n'ai pas de temps pour le bla-bla.

– Je suis bien d'accord avec vous. Que de mots inutiles. Les gens parlent pour ne rien dire. Regardez autour de nous. Combien de conversations réelles ? Ils font du bruit avec leurs bouches, l'air vibre de décibels perdus.

– Voulez-vous que nous montions là-haut ? On étouffe ici. Il fait doux ce soir. Je suis sûr que le ciel est plein d'étoiles.

10

– Tu as fini ?

– J'ai fini.

Il pose le manuscrit par terre, à côté de sa chaise longue. Il reste un long moment immobile.

– Excuse-moi, je ne peux pas parler. Je vais faire un plongeon.

Bastien déplie son corps engourdi par la position allongée et saute dans la piscine. Impitoyable, je le poursuis jusque sur la margelle :

– Tu ne t'es pas ennuyé, hein, dis-moi au moins ça ?

Il ne m'a pas entendue, il disparaît sous l'eau comme un dauphin, sans un clapotis.

Je rentre dans la maison. Je dois dénoyauter les abricots pour les mettre à macérer dans le sucre. J'ai promis de faire ma confiture. Je la cuirai cette nuit, quand il fera moins chaud.

Dix minutes plus tard, Bastien apparaît dans la cuisine, le ventre naissant sanglé dans un *kikouyou*, pagne rayé qu'il a ramené de ses voyages au Kenya.

– Je n'en reviens pas que tu aies pu écrire ça. À chaque page, je me sentais concerné.

– Toi ?

– Quand j'ai tourné la dernière page, je me suis dit : « Et moi, qu'est-ce que je fais de mon sexe ? »

– Tu ne te poses jamais la question ?

– Pas comme ça. Pas si clairement. On ne veut pas y penser.

– Toi, ou les homos en général ?

– Tu sais, des homos, il y en a de toutes sortes. Moi, je pense que j'intègre des réflexes masculins à une sensibilité plus féminine. Ou le contraire. Je ne sais pas. Qu'est-ce qui est féminin, qu'est-ce qui est masculin ? Le sait-on vraiment ?

– Ce sont des distinctions un peu grossières, je te l'accorde, en dehors du critère de la procréation. On y revient fatalement.

– Le désir d'enfant est le même, chez les hommes et chez les femmes. Peu importe qui enfante techniquement.

– Tu crois ? Nos corps ne sont-ils pas différents, et par là notre perception du monde ?

– Disons qu'il existe un troisième sexe, qui n'est ni féminin ni masculin. Qui tire son profil des deux natures. Plus une autre, celle des anges.

– Pas mal ! C'est une idée à toi ou un nouveau concept ?

– J'y crois fermement. Il y a toujours une troisième voie. Les civilisations binaires courent le danger qu'une des deux parties triomphe, au détriment de l'autre. Matriarcat, patriarcat. Église, État. Monarchie, République. On se tape dessus pendant de longs siècles. Pour accomplir la démocratie, il faut un troisième pouvoir. Les homosexuels organisés pourraient tenir ce rôle. Hélas, nous ne sommes pas aimés. Et mal connus.

– C'est à vous de vous faire connaître. On reçoit le son de cloche le plus tonitruant, celui des gay-prides, des militants d'associations en colère, c'est regrettable. Mais il y a Cocteau, Rimbaud, Pasolini.

– Trop isolés. Crucifiés.

– Ils se sont exprimés. Leur voix est forte.

– Déchirante. Leur sexualité les excluait. Il ne pouvait guère en parler.

– C'est fini, tout ça, aujourd'hui.

– Pas tellement.

– Tu exagères un peu. Un grand pas a été fait. La culture gay a gagné toute la société.

– Sous un effet de mode. De nouveauté. On veut amuser les foules avec notre soi-disant légèreté, notre insouciance présumée.

– Une idée de la liberté, le goût de la fête, une bonté immédiate, au premier degré...

– Encore un cliché. Je ne m'attendris pas sur les peines d'autrui parce que je suis homo. Je me sens concerné et solidaire des opprimés, des victimes, des souffrants parce que je suis en lutte permanente contre l'injustice, à cause de ma sexualité différente.

– Tu aimes aider. Tu es l'ami des moments difficiles, un ami fidèle comme je n'en ai aucun autre.

– Je suis fidèle parce que je suis libre. J'ai osé affirmer ce que je suis.

– Tu as toujours été clair. Ce n'est pas le cas de tous.

– L'ambiguïté est plus douloureuse que la ségrégation. J'ai eu un compagnon qui hésitait. Il souffrait le martyre. Je ne suis pas arrivé à l'apaiser. Notre vie sexuelle était hoquetante, mais flamboyante. Ton livre pose la question. Existe-t-il une sexualité confortable ? Si elle l'est, cela signifierait-il qu'elle n'existe pas ?

– Elle a été tragique pour moi, dans certains cas. Mais pas toujours. Tu penses que la sexualité est nécessairement tragique ?

– Je pense qu'elle est arrachée au conformisme du reste de la vie. Elle est un acte d'indépendance.

– Pour vous, les homos.

– Pour vous aussi, si j'en juge par tes tribulations pour trouver un partenaire adéquat.

– C'est nouveau. Les femmes ne prétendent pas trouver du premier coup. Mais elles aspirent à la stabilité, à la fidélité. Pas vous ?

– Je reste l'ami de mes anciens compagnons, sauf s'ils m'ont vraiment déçu. Je ne sais pas si ça tient à la solidarité de notre combat, ou si j'entretiens un réseau pour abriter mes vieux jours. Je pense qu'un peu de moi est resté en chacun d'eux, une parole qui demeure vivante et que je ne peux pas ignorer. Vous faites table rase, vous, les femmes, à chaque nouvel amour. Moi, j'accumule, je superpose, je ne rejette rien.

– C'est masculin, ça...

– Je suis assez mec, tu sais !

– Je sais bien qu'on peut compter sur toi. Tu es toujours disponible, quelles que soient tes amours du moment. Es-tu heureux d'être homo ?

– Oui. J'ai un net penchant pour le court terme. Les petits bonheurs sûrs. Les joies qui sont à ma portée. Je ne cherche pas l'impossible. Les hétérosexuels qui nous fréquentent, jusqu'à basculer dans notre camp, parfois, apprécient cette liberté, cette souplesse face aux chaînes qui les enserrent ailleurs.

– La peur de l'enlisement, de l'emprisonnement.

– De ne plus s'appartenir, kidnappés par le devoir familial, social. Chez nous, ils respirent.

– Ils peuvent se le permettre quand ils sont tranquillisés par l'existence d'une descendance. C'est un peu vache pour la bonne femme, qui reste au foyer, ligotée pour longtemps... Mais revenons à toi. Dis-moi ce qui t'a particulièrement touché, dans mes pages.

– Ta curiosité. La découverte de ton corps. Quelle énigme, un corps ! On le découvre par bribes, on a des révélations renversantes. Je partage ton avis, c'est la sexualité, le lieu des expériences. Ou le sport de compétition, peut-être, mais c'est encore le corps.

– Mon professeur de chant dit qu'il faut réconcilier les deux parties de notre cerveau qui nous tirent chacune de son côté, l'une vers la bête, l'autre vers l'ange. C'est un peu ça que j'ai essayé de raconter dans mon livre, en me prenant pour cobaye.

– La chair est violente, de la naissance à la mort. C'est la raison qui tente de tempérer les souffrances. Donne-moi un verre d'eau. Nos discours me donnent chaud.

– Tu ne veux pas un verre de vin, plutôt ? Un bon petit blanc que j'ai mis au frigo pour toi.

– Tout à l'heure, merci. Avant le dîner. Tu m'as « pavlovisé », le coup de vin blanc, c'est au coucher du soleil.

– Quand on avance en âge, on est perclus d'habitudes. C'est pesant.

– Et doux. Comme les gestes de l'amour. On veut la nouveauté, mais on répète les mêmes gestes, la même chanson connue dont la mélodie ne nous quitte pas.

11

ON sonne.

Je vais à l'interphone, soupçonneuse. Qui est-ce, à cette heure ?

– Allô ? Qui est-ce ?

– C'est moi.

– Comment ça, vous ? Vous étiez chez vous à l'autre bout de Paris il y a une minute.

– Ces petits miracles peuvent se produire. Je vous ai menti au téléphone, j'étais en bas de chez vous.

Nous nous taisons tous les deux. Il poursuit :

– Puis-je monter ?

Je regarde ma tenue approximative d'un dimanche à la maison.

– Oui. Bien sûr. Ne montez pas trop vite, il y a des poutres basses partout dans cet escalier, vous risquez de vous cogner.

Il a déjà raccroché.

Quelques instants plus tard, il sonne à la porte. J'ai

eu le temps d'enlever mes pantoufles et de passer la brosse dans mes cheveux.

– Vous êtes un farceur. Je ne l'aurais jamais suspecté.

– Je suis un homme amoureux, méfiez-vous.

– Que dites-vous...

– Je dis que vous devriez vous inquiéter.

Je le laisse passer dans le minuscule colimaçon qui mène aux pièces supérieures de mon grenier aménagé en loft biscornu. Il me frôle, mais ne me touche pas.

– Il y a un bazar, là-haut, pardonnez-moi. Je faisais des rangements...

– Ce n'est que le début.

– Que voulez-vous dire ?

– Il va falloir ranger des piles de choses. Effacer les chantages du passé.

Il jette un regard circulaire sur les photos encadrées. Il y en a partout. Je n'y suis jamais seule.

– Les chantages ?

– Les souvenirs fixés sont mensongers. Ils ne retracent qu'un moment privilégié, extrait d'une réalité qui est cachée.

– Qu'en savez-vous ?

– Vous ne seriez pas ici, seule un dimanche. Je ne comprends pas que vous cultiviez la présence de ces hommes qui vous ont laissée partir. Comment peut-on perdre une femme comme vous ?

– Je suis une emmerdeuse, prenez garde. Ils

n'étaient pas heureux. Je ne leur convenais pas. On ne découvre pas cela immédiatement. Mais il y a des moments de bonheur, des traces de bonheur. Je les conserve. Je les leur dois.

– Ils n'ont pas hésité à vous capturer, à vous enfermer dans leur enclos.

– Vous êtes bien sévère. Les hommes donnent ce qu'ils peuvent. La tanière est une protection pour les deux membres du couple.

– Vous avez besoin de beaucoup plus qu'une tanière.

– Ah bon ? De quoi ai-je besoin, je vous prie ?

– Vous avez besoin de la liberté totale, de projets d'envergure, de respirer l'air des cimes.

– Un homme a-t-il pour vocation de procurer tout cela à une femme ?

– Un homme peut être un frein à ce que vous y accédiez. Le monde est plein de femmes enterrées, de destins ratés.

– Si je comprends, l'archange, c'est vous ?

– C'est moi. Benoît.

Un silence nous relie, épais comme la poutre qui soutient mon toit. Il ne me regarde pas. Son visage est calme, mais ses mains frémissent. Elles triturent la frange d'un coussin depuis qu'il s'est assis dans le canapé. J'adopte stupidement un ton ironique :

– Que dois-je faire, bel oiseau du ciel ? Qu'attend-on de moi, là-haut ?

– Là-haut, je ne sais pas. Ici, que vous veniez près de moi, au lieu de rester debout contre cette fenêtre.

J'hésite à aller m'asseoir à côté de lui. Cette situation est cocasse. À moi d'aller chercher le baiser inaugural. Baiser de l'araignée ?

– Qui me dit que vous n'êtes pas un séducteur, d'un style nouveau. Façon : avec moi un avenir glorieux vous attend. Par ici, ma petite.

– Taisez-vous. Vous dites beaucoup de bêtises.

– C'est le comble. Un garçon qui a vingt ans de moins que moi me fait la morale !

– Mieux vaut tard que jamais.

– Une voyante m'a parlé d'un homme grand, très grand, qui serait le père que je n'ai pas eu. Ce serait comique que ce soit vous.

– Vous fréquentez les voyantes ?

– Non. C'était la première fois. J'avais besoin de prendre une décision. Concernant un homme. Celui qui n'est pas là aujourd'hui.

– Que vous conseilla-t-elle ?

– De rompre. Elle disait qu'il avait une âme noire, qu'il me nuisait volontairement. Qu'il tentait de me tuer. Il a tué toutes les femmes qu'il a attirées dans ses filets. Elle m'a dit qu'un homme arriverait, elle me l'a montré : le roi de cœur était sorti, seule carte rouge au milieu d'une colonne de cartes noires. Cet homme serait grand, il dominerait la mêlée.

– Quelquefois, la haute taille a des avantages.

J'enjambe ses longues pattes pour m'asseoir près de lui, dans l'autre coin du sofa. Il s'approche de moi et pose ses lèvres sur les miennes, dans un premier baiser encore chaste. Bientôt sa bouche s'entrouvre et cherche la mienne en une longue pression inexpérimentée.

– Vous allez m'étouffer pour de bon...

Il reprend le baiser sans m'écouter. Je sens sa barbe rase contre mon menton. Je me demande si j'aime ce baiser, il ne ressemble à aucun de ceux que j'ai reçus, ou donnés. Ce baiser dit quelque chose de différent, il ne quémande pas, il n'impose pas, il n'affriole pas. C'est un baiser d'adulte, un baiser responsable et programmé, c'est peut-être cela qui me gêne, qui me décontenance. Je reste lucide et éveillée. Mon cerveau tourne à dix mille tours, mais il fonctionne parfaitement. Je ne suis pas emportée par l'ivresse des sens, je suis ramenée à un point de départ, consciente et vive. La prostration qui accompagnait inévitablement l'amour jusqu'à présent n'existe pas. Tout devient actif en moi, une turbine s'est mise à vibrer. Je suis déboussolée, troublée.

– Je ne sais que dire...

– Ne dites rien. Il n'y a rien à dire. Nous ne sommes pas obligés de tout dire.

– Je voudrais pourtant...

– Vivons. Ne commentons pas la vie.

– Vous me stupéfiez. Que de sagesse...

– Je suis un solitaire. J'ai le temps de réfléchir.

– Moi, la solitude me panique. N'être utile à personne. N'être première dans le cœur de personne. J'en perds mes moyens, je deviens laide et brouillonne. La solitude m'empêche d'être moi-même.

– Vous n'êtes plus seule.

12

– OH ! Oh ! Madame ! J'étais là avant vous, je reculais pour prendre la place !... Ah, c'est toi ? Je ne t'avais pas reconnue ! Attends, si tu te pousses un peu, on entre tous les deux.

Je me colle à la voiture devant, il fait une manœuvre habile pour se garer à dix centimètres de moi. Il sort de son cabriolet, les bras chargés de clés, journaux, paquets, agenda, pêle-mêle. Il y a même une banane.

– Tu vois, je n'ai pas changé, je suis toujours à la bourre ! Je suis content de te voir, comment ça va ?

– Très bien. Ça tombe bien, je voulais justement...

– Viens, j'ai rendez-vous au troquet, là. Si mon mec n'est pas encore arrivé, on pourra prendre un café.

Il ne me demande pas si j'en ai le temps, ou l'envie.

– Je te suis.

Émilien porte une cape tyrolienne qu'il fait voler en marchant. Il me prend le bras :

– Ça alors ! Quelle surprise ! Qu'est-ce que tu fous dans ce quartier ?

– J'y habite. J'ai déménagé.

– Tu n'es plus là-haut, dans ton pigeonnier ?

– Non. J'ai vendu. J'en avais marre des escaliers. Je vis beaucoup à la campagne.

– Tu as bien de la chance. Nous aussi, on voudrait quitter Paris. Mais comment faire ? Si tu t'éloignes, les castings et les directeurs de théâtre ont vite fait de t'oublier ! Asseyons-nous là, en terrasse. Comme ça, il me verra, mon type.

– Tu es voyant n'importe où, Émilien, sois sans crainte...

– Tu es en forme, dis donc ! Quelqu'un me l'avait dit, je ne sais plus qui.

– Ton père. Je continue à me faire soigner les dents chez lui.

– Ah oui. Mon père, sans doute. Vieux canaillou !..

– Qu'est-ce que tu veux dire ?

– Toujours à la chasse ! Il ne changera pas...

– Et ton frère, comment va-t-il ?

– Rangé. Famille, boulot, synagogue.

– Il est toujours très observant ?

– C'est elle surtout. Tu sais, les Séfarades, c'est une vraie tribu ! Tout le temps fourrés ensemble, pour toutes les fêtes, et il y en a une tapée !

Il rit de toutes ses dents blanchies par son père.

Je lui demande :

– Et toi, comment ça va ?

– Bien. Vraiment bien.

Il hésite à me dire cela. Je réponds vite :

– Rassure-toi, moi aussi. Le temps a passé.

– Tu es toujours avec le gars qui t'accompagnait à la pièce de Suzanne ? Le grand beau garçon ?

– Toujours. Benoît.

– Je suis content. Il avait un regard doux. Je suis vraiment content.

– Et toi, la famille, les enfants ?

– Je suis débordé, Cecilia fait face, elle se débrouille, pauvre petit bout de chou. Elle se débrouille pas mal du tout.

– Je t'ai vu dans le téléfilm la semaine dernière. Tu dominais largement la distribution.

– C'est le drame de la télé, on prend des noms pour les deux rôles principaux, et derrière...

– Je sais, on doit remplir tout l'écran. Moi j'écris, je ne peux plus supporter d'être dans un fichier, en attente d'être tirée au sort. Je ne veux plus être *dans* un film. Je veux être un film à moi toute seule, une belle histoire !

– Je sais. Tu as sorti un livre, il n'y a pas longtemps ?

– Oui.

Comme il ne dit rien, je demande :

– Tu ne l'as pas lu ? Je te l'ai envoyé.

– Où ça ? Dans le neuvième ? Je ne l'ai plus, ce bureau... Je l'ai rendu. C'était trop loin, je n'y allais jamais. Zut alors, je ne l'ai pas reçu ! Ils ont dû le piquer dans le courrier.

– Ça n'a pas d'importance. Tu le liras un jour. Il y a un chapitre sur nous.

– J'en prends plein la gueule, c'est ça ?

– Pas du tout. Au contraire. J'ai un souvenir lumineux de nos années passées ensemble. Presque huit, souviens-toi.

– Tant mieux. Je me faisais du souci pour toi. Les hommes sont bêtes, tu sais. Ils veulent être responsables de tout. Je ne te l'ai jamais dit, mais je me sentais mal de te faire de la peine. Je ne voulais pas. Tu ne le méritais pas. Mais je devais accomplir mon destin, faire une famille...

– Si j'avais eu un enfant, à la suite de nos tentatives de FIV, auxquelles tu t'es prêté avec tant de bonne humeur...

Son téléphone portable vibre.

– Excuse-moi. Allô ?... Où ça ?... Mais on avait dit celui de la Bastille... Bien, très bien. C'est moi qui ai mal compris, j'arrive...

Émilien ferme son portable.

– Je suis désolé... Le type m'attend dans un autre café... Tu disais ?

– Non. Ça n'a pas d'importance, une autre fois.

– Si tu avais eu un enfant, eh bien, tu aurais été heureuse, non ? Et moi, je t'aurais aidée... Mais à quoi ça sert, on ne fait pas l'histoire avec des si. Tu as essayé, j'étais triste que ça n'aboutisse pas. Je suis très en retard, pardonne-moi. Je dois filer. Appelle-moi, un de ces quatre, qu'on prenne un café ! Bisous !

Il part en courant, percute un passant qui marchait paisiblement et manque de tomber en mettant le pied dans une grille d'arbre. Il se retourne pour voir si je le regarde, fait un grand sourire et un geste à la Jerry Lewis qui signifie : tu vois, je suis toujours aussi maladroit, mais je me rattrape in extremis, j'ai la baraka. Puis il met la main en guise de téléphone entre la bouche et l'oreille et crie de loin :

– Je t'appelle !

13

– « *OH, mon cœur, / Ne ressemble pas à la roue, / Mais sois pareille au centre de la roue, qui se tient au repos. / Si la roue tourne si activement, / C'est parce que son centre est immobile.* » ... Tu me fais penser à ces vers, dit-il. Tu remues, tu tournoies, mais tu ne t'éloignes pas du centre. Tu le cherches par le mouvement.

– De qui sont ces vers, mon cher Guillaume ?

– C'est un poème indien, très ancien. On ne connaît pas le nom de l'auteur. C'est une manie occidentale, la signature. La loi Machin, le pont Truc. Les ouvrages sont collectifs, puisque chacun de nous est une parcelle de l'humanité qui se renouvelle, de génération en génération.

– Et qui s'améliore.

– Si tu veux.

– Tout de même. Mozart, il n'y en a qu'un.

– Il est une pointe, une culmination. Il ne l'a pas

choisi, pas davantage que la pomme mieux exposée est responsable d'être plus rouge que ses voisines.

– Pauvres génies, qui ne sont pour rien dans leurs œuvres, dictées par je ne sais quelle nécessité ! Tu dis ça pour me provoquer, comme d'habitude. Tu ne me démoraliseras pas. Je suis une ingénue, je crois encore à l'Homme, et à l'avancement qu'il crée. Nous avançons, quoi que tu dises.

– Les pensées d'Aristote sont toujours valables, vingt-cinq siècles plus tard.

– Que sont vingt-cinq siècles au regard de l'âge de la Terre ? Vingt-cinq siècles humains fulgurants, cependant, de découvertes et de progrès.

– On digère toujours en six heures et les femmes enfantent au bout de neuf mois.

– Ça peut changer, avec la progression de la biologie. Que dis-tu de la durée de vie ? Elle a doublé en trois siècles.

– Mais elle cesse, plus ou moins tard. Elle cesse.

Je regarde avec tendresse son visage marqué et son crâne dégarni.

– Tes récents problèmes de santé te soufflent ces idées noires. C'est normal. Quand on l'a échappé belle, après une intervention urgente, on réfléchit sur la précarité de la vie, je suppose. On élargit sa vision, on relativise. On se situe par rapport à l'ensemble de la Création.

– Comme tu dis, de la Création.

– Aïe, Dieu n'est pas loin, je te vois venir.

– Il apparaît, lumineux.

– Ouais. C'est la trouille de mourir, mon vieux !

– Non, la conscience de la vie, plutôt. Ça te viendra, ma vieille !

– Je n'ignore pas la vie. Je l'honore, il me semble. Je la mords à pleines dents. Elle me mord, elle aussi.

– J'ai vu ça dans ton livre. C'était étrange, il me semblait voir un film tiré d'un roman bien connu de moi.

– Tu es mon plus vieil ami, tu as assisté à presque tous les épisodes que je relate.

– Je te voyais de loin. De plus près quand je te rendais visite dans tes résidences étrangères. Je ne t'ai jamais perdue de vue, en effet.

– C'est le propre des grands voyageurs comme toi, ils font signe quand ils passent. Ils maintiennent le fil d'Ariane, mieux que ceux qui vivent à deux rues de nous.

– J'ai quelques amies femmes, dans des villes différentes. Toutes m'ont surpris, au cours des années. Leur évolution, leurs transformations, leur capacité à rebondir. Vous avez toutes quelque chose en commun : vous ne lâchez pas. Les femmes ne se découragent jamais, même celles qui traversent des épreuves difficiles, des deuils, des maladies graves. Les femmes sont admirables.

– Tu aimes les femmes, tu les as toujours écoutées.

– Elles me le rendent bien, elles me parlent. Comment ne pas écouter les femmes ? Elles représentent soixante pour cent de la population, il y a plus de femmes que d'hommes sur la Terre, tu le sais.

– C'est un peu ton métier, d'écouter. Quand on fait de la politique, il faut dresser un état des lieux objectif et précis avant de lancer des hypothèses d'avenir. Les femmes parlent plus volontiers que les hommes ?

– Elles sont précieuses, et magnifiques. Je pense sincèrement qu'elles nous sont supérieures. Elles changeront le monde.

– En souffrant.

– En acceptant la souffrance. Elles résistent. Par tous les moyens, y compris celui du silence. Elles ne mentent pas.

– À toi, peut-être. Tu sais entendre. On a envie de te dire la vérité. Comment expliques-tu cela ?

– Je ne suis pas un danger. Je ne fais pas écran, on parle à travers moi, comme au médecin derrière sa blouse. Il n'est plus un homme, il est un médecin.

– Ta soutane à toi, c'est ta douceur, ton regard.

– Je manque probablement de l'agressivité masculine qui fait peur aux femmes, mais qui les attire aussi. Le confesseur n'a pas de sexe.

– Ta vie sentimentale a pourtant été tumultueuse.

– Ce n'est pas ce que j'ai le mieux réussi. Mes amitiés féminines ont été un plus grand succès. Notre amitié est exemplaire.

– J'y tiens beaucoup. Je trouve toujours le temps pour te voir, pour te parler longuement, dans la bousculade de nos vies actives. Je fais une pause, je suspends les heures, une plage de paix essentielle pour moi.

– Auprès d'un ami sporadique, on se voit en perspective, par paquets de mois, par grandes phrases musicales. On élimine les détails parasites. On commence à tracer sa propre histoire, même quand on est en pleine tempête. C'est très utile pour vérifier un cap, un résultat. Pour ne pas être trop sévère avec soi-même.

– Après t'avoir vu, j'ai quelquefois pris de nouvelles décisions. Ou j'ai trouvé le courage de les prendre. C'est la même chose. Je ne peux m'engager dans une voie que si je suis tout à fait convaincue. Ton analyse de situations même éloignées de la mienne me procurait cette clairvoyance. On peut reporter la logique d'une intrigue sur une autre. On fait le transfert en silence, sans révéler les secrets embarrassants, ou qui impliquent d'autres personnes. Tu me fournissais le mode d'emploi, la méthode. Tu ne sais pas combien ta tolérance œcuménique m'a guidée. On s'embourbe dans les ressentiments, dans la crainte d'être grugé. On exagère les intentions malignes à notre endroit. On s'inquiète d'avoir mal placé sa confiance. L'orgueil, toujours l'orgueil. Que d'inutiles souffrances il nous inflige !

– Le développement de l'ego a été considérable, au cours de ce siècle.

– Tu penses que les croisés ou les conquistadores étaient plus mesurés ?

– Les chefs militaires ont la fibre du chef, c'est différent.

– Seuls les poètes n'aspirent pas à dominer quelqu'un. Ils s'adressent à l'humanité entière.

– Je connais ta théorie sur les artistes. Éclairer le monde... Il y a beaucoup d'orgueil là-dedans. Mais tu as raison, le pouvoir des mots... *Oh, mon cœur, ne ressemble pas à la roue...*

Nous nous regardons avec tendresse.

– Guillaume, dis-moi, pourquoi n'avons-nous jamais été amoureux l'un de l'autre ? Nous sommes si proches, si intimes. Crois-tu que trop d'amitié tue l'amour ?

– Non, je crois que l'attirance entre nous a pris ce chemin-là. J'ai eu un coup de cœur, au début. Tu me plaisais, mais je savais que tu n'étais pas une femme pour moi. Je dois te faire un aveu. Peu de temps après t'avoir rencontrée, souviens-toi, nous en rions encore, tu étais estomaquée que j'ignore qui tu étais alors que les murs de Paris étaient tapissés de l'affiche d'un de tes films, je me suis posé sérieusement la question. Qui est cette femme dans ma vie ? Quelle place dois-je lui donner ? J'étais très occupé, entre Paris et Londres, avec mes fonctions dans l'Europe naissante, celle du charbon et de l'acier. Je connaissais déjà Patricia, ma future femme, mais je ne l'avais pas encore demandée en mariage. Ça se faisait encore, en ce temps-là... Dans un avion qui me ramenait à Paris vers un dîner avec toi, j'ai réfléchi intensément. Les voyages sont propices à la réflexion. Quand tout bouge autour de nous, quand on est transporté comme un nouveau-né dans son berceau, l'esprit se libère, mouline efficacement. Je me suis donc posé la question : Laquelle des deux devrais-je épouser ? Laquelle des deux trouvera le bonheur dans la vie que je puis offrir ? À l'époque, on pensait comme cela. Un homme se sentait porteur du bonheur de sa femme. On nous avait éduqués de cette manière.

Il se tait un long moment. Je brise le silence :

– Alors ? Qu'as-tu décidé ?

– Tu le sais, puisque j'ai épousé Patricia quelques mois après. En cette minute fatidique, suspendu dans les airs au-dessus de la Manche, j'ai compris que je souhaitais une famille, des enfants, et que tu n'étais pas prête à entreprendre cela. Un jour, sans doute, plus tard. Pour l'heure tu étais occupée à bâtir ta carrière, et je savais que c'était d'une importance primordiale. Il te fallait reconstituer l'identité de ta famille, vous venger des spoliations, des déportations, restituer la grandeur de ton nom, mériter l'estime du pays qui avait accueilli tes parents et où ils avaient choisi de te faire naître. Un programme immense que je comprenais. J'avais le désir de t'y aider, mais tu n'avais besoin de personne, tu voulais gagner la bataille par tes propres moyens, ton mérite, tes efforts assortis de la chance des vainqueurs, qui se présente à eux invariablement. Je n'ai pas fait le calcul de privilégier l'amitié entre nous, elle s'est installée naturellement, parce que le sentiment amoureux l'avait engendrée. Je t'ai sacrifiée à toi-même, et je me suis sacrifié. J'ai renoncé à toi pour ne pas te perdre. J'ai préféré lâcher du lest, t'observer de loin, te conseiller plutôt que t'assumer. Bien prétentieux de ma part, j'ignorais si tu voulais de moi ! Les hommes sont assez vaniteux pour ne pas douter qu'on veuille d'eux. Je notais ton intérêt pour nos conversations, il suffisait d'un pas pour qu'il bascule vers l'amour. Franchir ce pas incombe aux hommes, à leur embrasement, à leurs mots. Les mots des hommes... Un homme honnête évalue très vite le pouvoir de ses mots. Les voyous n'ont pas de scrupule à prononcer les mots qui engagent.

– C'est pour ça que tant d'hommes sont silencieux. Ils ont peur des conséquences de leurs mots.

– Les nouvelles générations avouent leurs incertitudes, les jeunes mâles acceptent de ne pas être des héros infaillibles. Mais il leur en coûte, un reliquat de fierté masculine les taraude encore. Ce n'est pas commode, après des siècles de suprématie, de ne plus être le pilier du bonheur des autres. Il faut de fichues ressources intérieures pour trouver un autre équilibre. Beaucoup de garçons sont paumés.

– Pas Benoît. Il est comme un poisson dans l'eau

dans le nouveau rôle des hommes. Il adore la parité, c'est le fondement de son comportement avec moi. Confiance, mais pas ingérence. Je mène ma vie, il mène la sienne. On ne se marche pas sur les pieds. C'est la première fois que ça m'arrive. Quelquefois, j'aimerais bien qu'il me marche sur les pieds. Les femmes ont une petite nostalgie pour les anciennes manières, pour le confort de la dépendance. On n'en veut plus, mais on tarde à éliminer les attitudes féminines révolues, les minauderies de l'enfance prolongée ou les longs fume-cigarettes de celles qu'on disait fatales... Les nouveaux hommes n'en veulent plus. Ils attendent de nous de plus fermes postures. Benoît ne veut pas s'attendrir, il veut m'admirer. Il veut à tout moment que nos soyons dignes l'un de l'autre. Nous sommes fortement liés, mais nous ne vivons pas ensemble. Un luxe. Une exigence. Je crois, sans vouloir te faire de la peine, que cela tient à son âge. À trente-cinq ans, il a une vision du couple complètement différente de la tienne au même âge. Que de changement en deux générations !

– Tu ne me fais pas de peine, je le sais bien que je suis un vieux crocodile, même si toute ma vie j'ai gardé l'œil ouvert sur les mutations de l'humanité. On a beau comprendre, on ne modifie pas si aisément des réflexes structuraux. Je me sens responsable. Je croule sous la responsabilité. Elle a failli me tuer, en certaines circonstances. En politique comme dans ma vie personnelle. Bref, je t'ai abandonnée. J'ai choisi de ne pas me charger de toi. Je le répète, tu m'aurais peut-être envoyé promener, je n'avais peut-être aucune chance. Avais-je une chance ? Je suis curieux de l'entendre aujourd'hui...

– Je pense que je t'aurais repoussé, effectivement. Je sortais d'une histoire brûlante avec un garçon destructeur mais enrichissant, comme tous les êtres extrêmes et tourmentés. Tu étais un père, pas un possible amant. Quelle chance ! Grâce à ta décision et à ma tiédeur, notre amitié a survécu à toutes nos autres histoires d'amour, elle a traversé les décennies en se renforçant et en s'embellissant. Mes hommes étaient confusément jaloux de toi, ils pensaient que nous avions un code privé, un langage connu de nous seuls. Je me confiais à toi plus qu'à eux. Fabio, surtout, était très agacé.

– Je t'ai moins vue, pendant cette période.

– Il était d'une jalousie maladive. J'ai eu beaucoup de souci à cause de cela. Notre relation intense n'y a finalement pas résisté. La jalousie, c'est dégueulasse, à la longue.

– Voilà un sentiment que je ne connais pas. Comment peut-on se considérer propriétaire d'une personne ? J'ai souffert d'être mal aimé, ou trahi, ou négligé, mais je n'ai jamais prétendu remplir la totalité des préoccupations d'une femme. J'espère bien qu'elle aura d'autres intérêts, d'autres passions !

– Si je reviens à nous, tu m'as donc plaquée avant de te déclarer ? Peu commun, *my dear*. Tu devais tout simplement être très amoureux de Patricia.

– Détrompe-toi. Je l'ai vraiment aimée par la suite. Au début, j'étais indécis. Tu me fascinais davantage.

– *Story of my life*. Les hommes ne me choisissaient pas. Trop chiante. Trop ambitieuse. Trop bruyante. Trop mobile. Trop regardée. Trop envahissante. Plusieurs me l'ont dit. Pas au moment où ça m'aurait été utile, pendant notre relation. Non, ils me le disent maintenant, des années après. Ils me parlent. Sais-tu que les hommes ont pris goût à parler ? Leur parole se dégèle. Est-ce la diffusion de la psychanalyse ? Ou notre exemple ? Ou l'usage du téléphone ? L'univers masculin commence à se prononcer. Je tisse lentement un canevas de ce que les hommes de ma vie ont vécu. Une constante revient et revient. On m'aime, mais on me plaque. Même avant de m'aimer.

14

– JE déteste le téléphone. Pourquoi ne viens-tu pas me voir, comme autrefois ? Cette conversation mérite que tu prennes un avion, non ? Quarante-huit heures pour démêler six ans d'amour et d'incompréhension, c'est un tarif acceptable, tu ne crois pas ?

– Je n'ai rien à démêler. C'est toi que je voulais entendre. Ta voix d'homme. Nous avons passé de longues heures au téléphone, par le passé.

– Quand nous ne pouvions pas faire autrement. Je n'avais aucune jouissance à ne pas t'avoir près de moi.

– Certains apprécient ce recul, au contraire. Dans la voix sans image, on perçoit de fines intonations, comme à la radio. La voix est un fameux indicateur de notre état et de nos pensées. Un ami de ma famille, qui était aveugle, était chargé dans le réseau de résistance qu'il dirigeait, de recruter les nouveaux venus. À la voix, il devinait s'ils étaient des taupes.

– Nous ne sommes plus en guerre, pas toi et moi.

L'enjeu n'est plus le même, seul le plaisir du bilan nous anime. Un bilan dont nous n'avons pas à rougir, qu'en dis-tu ?

– Je ne sais pas. De ce que j'ai vécu, il me manque la moitié. Il me manque ce que les hommes ont vécu. Ce qu'ils ont voulu, espéré, regretté. Je m'en fais une idée, mais je ne suis pas sûre qu'elle soit juste. Je suis assez forte aujourd'hui pour entendre la vérité. Si on veut bien me la dire. La mémoire fait des entourloupes, elle nous veut du bien, et peut décider de déformer le passé pour nous le rendre digeste. Me suis-je fabriqué des souvenirs douillets et flatteurs ? Et toi ? Qu'as-tu gardé de notre passion d'antan ? Les hommes sont-ils plus fidèles, ou moins fidèles à leur passé ? L'écriture exige de moi cette vérification. Un désir de lumière, coûte que coûte. Je te l'ai dit : je suis solide en ce moment. Assez solide. Je veux en profiter. Je vis avec un garçon très différent de tous ceux que j'ai connus, notre relation n'est pas une crise permanente, je puis m'occuper de moi-même, écrire, parler aux autres... Avec toi, Fabio, c'était presque impossible...

– Il y a vingt ans, nous devions répondre aux exigences des idées neuves, au modèle de couple issu de Mai 68. On ne s'aimait pas simplement. On était investis d'une fonction d'exemple.

– Es-tu plus paisible aujourd'hui ?

– Mieux que ça. Je m'en fous complètement. J'accepte enfin de déplaire. Tu serais étonnée. Je suis d'une patience et d'une sérénité séraphiques. Allez, viens voir ça de plus près ! Ton coup de téléphone a réveillé l'envie de te voir, de te regarder en face. Tu passeras les frais de ton voyage à ton éditeur, c'est pour la bonne cause. Travaux de documentation et de recherche historique. Cela vaut un verre de greco di tufo devant les rochers de Capri ?

– Tu vis à Capri ? Je t'ai appelé sur ton ancien numéro de Naples.

– J'ai pu garder le même numéro, avec des pistons d'enfer. On est en Italie, ça n'a pas changé.

– Les journalistes jouissent d'un statut sacré, chez vous.

– Quand ils sont du côté de Berlusconi. Un vieux coco comme moi est moins choyé.

– Tu poursuis tes activités politiques ?

– Non. Je suis dégoûté. Par les Italiens. Par notre gauche. Lamentable. Remarque, chez vous, ce n'est pas plus brillant.

Il tousse longuement.

– Tu es malade ?

– Non, ne t'inquiète pas. C'est une toux allergique, chaque fois que je pense à nos dirigeants actuels. Je suis sain comme un gardon, pas un microbe, tu ne crains rien ! Allez, je viens te chercher à l'aéroport. Je ne le fais plus jamais, mais pour toi je ferai cet effort. Je ne sors pas de mon île, sauf pour m'envoler vers les

États-Unis. Mon fils est là-bas, tu sais. Prends un bon caban, il y a du vent.

– Bon. Je me renseigne sur les horaires et je te préviens. Je suis curieuse de te revoir. Je ne redoute pas notre confrontation. Je suis sereine. Je serai contente de passer un moment avec toi. Au nom de notre longue et déchirante histoire. Je resterai une soirée, une seule, un samedi. En semaine j'ai plein de rendez-vous. Ça te va ?

– Tout me va. À ta disposition, *principessa.*

– Je ne t'ai jamais vue avec si peu de bagages. Tu te souviens de ce psy qui t'avait dit : « Première chose, madame, jetez la besace que vous trimbalez. Vous n'avez pas besoin de tout ce qu'elle contient. On ne se promène pas avec la maison en bandoulière ! »

– J'étais une nomade, à l'époque. Je n'avais pas de maison. Je campais partout. Mais j'aime me pourvoir d'objets nécessaires, ne pas manquer d'une lime à ongle ou d'une aspirine. Usage de saltimbanque, de caravane pendant les tournages. Heureusement les valises roulent maintenant. Le cauchemar de les charrier est fini. Mais tu as raison, je me suis limitée. Mes bagages se sont réduits.

– Très bon signe. Tu es jolie. Laisse-moi te regarder. Tu as les mêmes yeux.

– Les mêmes yeux que...

– Que quand je te serrais dans mes bras.

Nous rions pendant qu'il m'ouvre la portière de sa voiture.

– Je crois que c'est la première fois que tu me tiens la portière...

– Forcément. C'était toi qui conduisais. Je n'avais pas de voiture. Celle-ci n'est pas à moi, d'ailleurs. Je l'ai empruntée à un copain. Nous la laisserons au débarcadère, il viendra la chercher.

– Ton réseau de copains...

– On s'entraide, à Naples. Autrement la ville serait impraticable. J'ai des amis, oui. Je vis seul, mais j'ai beaucoup d'amis. Anciens, récents. Tiens, j'ai d'excellents contacts avec votre conseiller culturel. Un homme charmant, épris de Naples. Il connaît les ruelles et leur histoire mieux que moi.

– Les Français sont des fouineurs. En Grèce, les meilleurs tuyaux étaient donnés par *Le Guide du Routard*, tu te souviens ?

– Je me souviens. J'ai vendu le bateau, tu sais.

– Je l'ai su. Quelqu'un me l'a dit.

– Les deux plus beaux moments d'un voilier, c'est quand on l'achète et quand on le vend ! J'ai eu un certain mal à le vendre, un Swan de 71, sans double coque et sans radar. Une pièce de musée. Je passais mes week-ends à poncer, à peindre, à vernir et à dégripper. Je ne naviguais presque plus. Des mousses comme toi, ça ne se trouve pas facilement.

– Ta mémoire t'embrouille. Tu ne cessais pas de m'engueuler. Je n'étais jamais là où il fallait.

– Tu apprenais. Tu étais pleine de bonne volonté. Nous, les gens d'ici, nous avons la mer dans le sang. Je l'ai vendu à une école de voile. Pas à son juste prix, mais j'étais content que des jeunes puissent contempler les lignes pures de ce ketch de race.

– Instrument de torture. Nous ne nous sommes jamais autant disputés qu'à bord de ce maudit treize mètres.

– Les accalmies étaient sublimes. Les mouillages dans les criques, dans les petits ports.

– On avait hâte de s'arrêter quelque part. De faire pipi dans un vrai cabinet. De pouvoir utiliser du papier, des Kleenex. De boire de l'eau fraîche. Mais je ne suis pas juste, nous avons connu des heures exquises sur ce bateau.

Les Klaxon couvrent ma voix. Fabio évite un nœud de voitures et se faufile par un trottoir défoncé.

– Ce carrefour est infernal. Mais la situation s'est améliorée, depuis quelques années. Nous avons un nouveau maire dynamique et inflexible. On ne fait plus sauter les contraventions.

– Il est de gauche ?

– Non. Tout ce que règle la droite n'est pas à critiquer.

– Le grand nettoyage des *Mani Pulite* a fait du bien au pays, n'est-ce pas ?

– Les capitaux reviennent, il paraît. Tu sais bien que je rêvais d'une autre société. Plus humaine, moins mercantile.

– Le monde entier est ainsi. On n'y échappe pas.

Nous approchons du *traghetto* pour Capri. Je grimpe sur le pont en tirant ma petite valise à roulettes, pendant que Fabio gare la voiture le long du quai. Il parlemente avec le gardien du parking et me rejoint.

– Je te regardais, de loin, parler avec le *posteggiatore*, lui dis-je. J'ai eu l'impression de revivre une scène. Combien de fois avons-nous pris ce *vaporetto* ?

– Couvre-toi, et allons nous asseoir à l'abri. La mer bougera un peu, ce soir.

Je regarde l'eau immobile autour du port, et le Castel dell'Ovo se découpant dans le soleil couchant. Rien ne laisse présager un grain, il faut tout le savoir d'un marin accompli pour le prévoir.

Nous quittons Naples majestueusement. Une émotion infaillible.

– Magique, cette baie.

– De loin.

– Tu portes toujours les Napolitains dans ton cœur !

– Pas tous. Il y a des gens merveilleux. Les nouveaux riches sont affreux, ignares et jacassants. Heureusement ils sont grégaires, ils restent en bande, ils s'agglutinent dans les mêmes restaurants, dans les mêmes rues, dans les mêmes magasins. Il suffit d'éviter ces lieux. À Capri, dès qu'il faut faire deux cents mètres à pied, il n'y a plus personne. Ma nouvelle maison est isolée sur une colline entre les pins. Quand la foule se déverse vers la mer, je monte dans l'autre sens, vers la montagne. J'ai une vue magnifique, tu verras.

– Tu l'as achetée ?

– Non. C'est une toute petite maison. Je la loue à une amie. J'espère qu'elle me la vendra un jour. Je n'ai pas d'argent. C'est chronique. Plus tard, qui sait, quand je vendrai mes archives, mon fonds. J'ai une touche avec un musée américain.

– Les photos se vendent bien, maintenant.

– Les stars à poil plus que les décombres en Tchétchénie.

– Tu as quelques nus à ton palmarès. La princesse Margaret, à bord de son yacht. Et Faye Dunaway. Tu aimais beaucoup cette actrice. Tu peux me le dire aujourd'hui. Est-ce que tu l'as...

– Nous avons passé une nuit à parler, dans un bar. C'est tout. Elle s'est beaucoup livrée, ça oui. Si j'étais resté un jour de plus dans cette ville, il se serait peut-être passé quelque chose. Les femmes sont seules. Très seules. Même les plus entourées.

– Les Américaines ne sont pas difficiles à emballer, elles sont friandes de latin lovers...

– Étaient. Avant les ravages du féminisme radical. Maintenant elles sont inapprochables. Faye est une fille intelligente, elle ne trouvait pas d'interlocuteur pour parler de tout ce qui l'intéressait. Le combat des femmes tel que nous le prônions en Europe l'a foudroyée. Elle n'en revenait pas des propos que je tenais, un homme au service des femmes. Elle pensait que les mâles étaient obligatoirement des ennemis.

– Dans le milieu du show-biz, la racaille grouille.

– C'est ce qu'elle me disait. Elle ne savait plus ce qu'était un homme, un vrai.

– C'est quoi, un homme, un vrai ?

– Un homme qui ne craint pas d'aimer le sexe d'une femme.

La sirène du *vaporetto* retentit pendant que les moteurs ralentissent.

– Nous arrivons. Tu as un peu de courage ? Il y a vingt minutes à pied. On pourrait prendre un taxi, mais il doit faire tout le tour de l'île pour monter là-haut.

– Pas de problème. Cela nous mettra en appétit. Je commence à avoir faim. Pas toi ?

– Nous dînerons dans la *locanda* un peu plus haut. Là où Sartre et Trotski jouaient aux cartes. C'est rustique mais très bon.

– Tu ne sais pas peler une orange. Donne-moi ça.

Il sort un minuscule couteau de sa poche et entreprend de découper la peau de l'orange selon un dessin précis, d'abord la calotte, puis des méridiens.

– La peau est épaisse, ce sont les dernières. Les sanguines sont finies.

– Je regarde tes mains. Toujours aussi habiles.

– Mes mains sont mes antennes, mon radar, mon élixir de vérité. Avant de parler, il faut que je touche. Quand tu m'es apparue, toute blanche sur la Piazza Navona dans la faible lumière des lampadaires, j'ai caressé ton visage avec la paume de ma main.

– Je m'en souviens très bien. Nous nous étions à peine présentés.

– Tu m'avais appelé dans ma chambre d'hôtel, à dix heures du soir.

– Je ne savais pas que tu me fixerais un rendez-vous une demi-heure plus tard. J'ai hésité à venir.

– Mais tu es venue. Quand je t'ai touchée, une forte odeur de femme s'est dégagée de toi, un mélange de transpiration et de sexe.

– J'avais marché depuis via in Caterina.

– Ton front et le pourtour de ta bouche luisaient. Tu étais adorable. Pourquoi as-tu mis cette robe blanche ? Y as-tu pensé ?

– Il faisait chaud. Elle était propre, je venais de la laver.

– Tu savais donc. Tu te préparais à quelque chose.

– Je me préparais à rencontrer un étranger, photographe de son métier, et qui me conseillerait sur des repérages pour un film, dans le sud de l'Italie qu'il connaissait comme sa poche.

– À onze heures du soir, Piazza Navona, répète-t-il.

– Les soirées sont longues, à Rome. On dîne à minuit, quelquefois.

– Nous n'avions pas prévu de dîner. Tu venais à un rendez-vous avec un homme.

– Où veux-tu en venir ? Je suis responsable de ce qui est arrivé ? Autant que toi, ni plus ni moins. Nous étions deux adultes, libres et vaccinés. Nous prenions les mêmes risques.

– L'aisance avec laquelle nous nous sommes retrouvés une heure plus tard, nus l'un contre l'autre dans ta chambre, m'a bouleversé. Les femmes italiennes ne se donnent pas si simplement.

– Nous n'étions pas tout à fait maîtres de nos actes. Le coup de foudre sexuel, ça existe. Nous aurions pu ne jamais nous revoir. En rester là. On aurait peut-être mieux fait...

– Tu regrettes notre amour ? Tu en as un si mauvais souvenir ?

– Non, pardonne-moi. C'est le contraire. De tous les hommes que j'ai aimés, tu es celui qui me pose problème. Je n'ai pas tout compris de ce qui nous est tombé dessus. C'est gravé en moi comme une énigme. Je ne voudrais pour rien au monde revivre une histoire pareille, mais j'en garde un souvenir brûlant, il me semble que je me suis approchée du Mystère plus qu'aucune autre fois.

– Il n'y a rien à comprendre. Nous étions complémentaires, comme deux métaux en fusion forment un alliage inaliénable. C'était chimique, on ne nous a pas demandé notre avis.

– Mais pourquoi tant de désaccords, de conflits ?

– J'ai un sale caractère, et toi, excuse-moi, tu n'es pas un ange.

– Le but de l'amour est de s'aider à vivre, de s'épanouir, non ?

– C'est aussi un révélateur des faiblesses, une loupe dérangeante. Chaque geste est grossi, son sens est amplifié. On a les yeux braqués sur l'autre, nuit et jour.

– Comportement méditerranéen. Il ravit au début, puis il entête, il irrite. La jalousie isole. On ne peut pas vivre dans un tunnel psychologique, il faut prendre l'air de temps en temps.

– Bien. Tu veux que je te dise honnêtement ce que je pense. Tu es venue pour cela, non ? Je ne tricherai pas, ce n'est pas mon genre. Quand nos corps se sont rencontrés, de cette manière subite et totale, nous avions des besoins précis, toi et moi. Toi tu cherchais un pénis qui brise ta frigidité et qui t'ensemence. Tout ton être appelait cela, ta chair, ton esprit, ton vagin étaient tendus vers cette quête, inconsciente mais dominante. Ton instinct t'a rapidement indiqué que j'étais l'homme qui bousculerait ta rigidité, ta stérilité. Ton cerveau t'a autorisée à t'embarquer dans cette entreprise, car je présentais bien, j'étais un intellectuel de gauche, honorable et méritant, tu avais besoin d'assurances, d'approbation morale et spirituelle. J'étais un modèle nouveau, italiote et pourtant interlope. Enraciné dans notre terroir napolitain, mais libre-penseur, anticlérical et insoumis. Ton corps a gouverné. Tu avais trente-cinq ans, âge critique pour une femme qui n'a pas eu d'enfant. Ton corps ne s'est d'ailleurs pas trompé, puisque je suis le seul homme qui t'ait mise enceinte. D'une façon tragique, une grossesse extra-utérine qui aurait pu te coûter la vie, mais grossesse tout de même. Ton ventre n'était pas inapte à faire un enfant. Il te fallait cette démonstration, cette preuve. Que par ailleurs j'aie été incapable de te donner la vie que tu souhaitais n'avait aucune importance. Toutes les fonctions ne sont pas réunies dans le même homme. Tu as donc patiemment supporté les soubresauts et l'inconfort de notre liaison, parce qu'un objectif supérieur t'habitait, qui s'est éteint naturellement après le drame que tu as vécu. Un drame, mais en réalité, pour toi, une victoire. Les choses ne sont jamais aussi simples qu'elles paraissent, et c'est pour cela qu'on ne peut pas intervenir dans les disputes de couples, eux seuls savent ce qui est en jeu. Comme tu es une personne orgueilleuse, tu t'employais à justifier notre union chaotique en jouant la comédie du bonheur, de l'amour absolu et de la symbiose. C'était l'habillage, le décor dont les femmes savent entourer un amour. On est les plus beaux, les meilleurs, les plus courageux, les plus orignaux. On défie la société, les mœurs, la famille. On se garrotte par amour-propre et par narcissisme. Aux yeux des autres, ce qu'on vit doit impérativement paraître noble, enviable, magnifique et d'avant-garde. Tu trouvais des mérites à notre relation bancale que je t'entendais décrire à des tiers avec emphase. Tristan et Iseult étaient des enfants de chœur comparés à nous. Tu transformais les difficultés en exploits, les ombres en pudeurs et les échecs en lutte des classes. Je ne supportais la présence de personne près de toi, pas un compagnon de théâtre ni un technicien de cinéma, nos chamailleries devenaient des batailles. Tout nous signalait qu'il fallait en finir, mais nous nous obstinions, tels deux mulets tournant autour d'un puits, aveuglés par des œillères. Les années passaient. Elles avaient un double effet : celui de l'usure et celui de la permanence. Une union qui dure se solidifie, mais s'enlise dans les chemins tracés. La nôtre ne conduisait nulle part, nous le savions obscurément et nous en souffrions. Comme des parents débordent d'amour pour un enfant atteint d'une maladie incurable, nous redoublions de constance au chevet de notre amour. Pour cette raison, tu conserves un souvenir pénible de ces années. Rien n'était tout à fait naturel, hormis notre sexualité, qui nous dépassait et nous expédiait dans une autre sphère. On s'y réfugiait, comme on entre dans une église ou un monastère. On ne viendrait pas nous déloger de là. Nous étions à l'abri de nos propres fureurs. Le sexe était notre lieu de paix, alors que nous nous déchirions par ailleurs. Mais dans ce havre, nous avons libéré des forces étonnantes, nous nous rapprochions de la lumière, vers une conscience aiguë que peu de gens fréquentent. Ce n'est pas moi qui te pose problème, c'est cette flamme, cette occasion unique de connaissance, de perception que nous avons appréhendée ensemble, émerveillés, et que nous ne rencontrerons plus. À cette altitude, le sexe devient illumination, foi, révélation. Tout ce que tu voudras. Je ne trouve hélas que les mots de la religion pour le nommer. Nous avons joui de ce privilège sublime et douloureux. Il est en toi désormais, en moi, nous ne l'oublierons jamais.

– Tu expliques très bien mon parcours, mais tu ne parles toujours pas du tien. Pourquoi moi ? Pourquoi ce déchaînement de violence ? Jusqu'alors, tu avais été un homme plutôt doux, je crois.

– J'y viens. Ce n'est pas facile de se regarder dans la glace déformante du passé. Je vais le faire pour toi, parce que je me porte bien en ce moment. Je sais qui je suis, qui je ne suis pas. Si je n'avais pas été dans ces dispositions, j'aurais fui cet entretien. Que plusieurs de tes compagnons se soient défilés ne m'étonnerait pas.

– Certains mentent. D'autres disent qu'ils ne m'ont

pas aimée, qu'ils ne se rappellent pas. Ou que je leur ai fait du mal.

– Accuser une femme d'être nuisible est la meilleure porte de sortie pour un homme. Les techniques masculines sont plutôt grossières, en matière de rupture. Les hommes sont en majorité assez maladroits. Moi, chaque fois que j'ai une poussée de colère, je pense au sourire serein de Berlinguer sur une photo accrochée au-dessus de mon bureau, et je me calme ! Mais nos mères nous ont mal préparés. Dès le berceau, on t'affuble de grandeur future, tu seras un chef, un docteur *ès* quelque chose, une sommité. Puis, à l'école, il faut revenir avec les meilleures notes, dans le sport, il faut battre les autres. Partout, on te colle ton devoir de mâle, on glorifie ton phallus qui est le plus grand, le plus fort. C'est exténuant. Gramsci et le communisme m'ont aidé à redimensionner tout ça, en fracture complète avec ma mère qui se mortifiait. Je me suis marié avec une amie d'enfance, une fille charmante qui plaisait à tous. On a eu deux garçons, j'étais un père souvent absent à cause de mes reportages aux quatre coins de la planète, et lâchement je laissais ma femme transmettre une éducation traditionnelle à mes enfants. À mon retour, je m'empressais de leur donner des rudiments de pensée marxiste, sans grand résultat. Je m'apercevais que je les dérangeais, que je perturbais leurs études, leurs amitiés. Je me suis renfermé sur moi-même, j'ai pris mes distances avec ma femme.

Nous n'avons pas divorcé par paresse, par indolence. J'ai trouvé un studio à Naples, et c'est là que j'ai découvert le sexe. La puissance du sexe. La frustration que je subissais dans ma famille disparaissait, dynamitée par l'érotisme. Ma première rencontre fut cette Milanaise dont je t'ai beaucoup parlé. Une libération réciproque. Mais elle était mariée et n'a pas pu continuer. Elle disait qu'elle devait choisir. En vérité, elle aimait son mari, son infidélité l'a vigoureusement ramenée à lui. Classique. Je l'ai revue, récemment. Une petite femme instruite et solitaire. Veuve, je crois. Nous n'avons pas réussi à nous parler. Ce n'était plus la même femme. Puis il y en a eu d'autres. Beaucoup d'autres. Des jeunes, des moins jeunes. Celles-là sont les plus affamées. Des folles. Des aventurières. Une Australienne. Une Noire américaine. Elle était chanteuse, son répertoire était hard. Au lit, elle était une petite fille. Les sexes de femme se succédaient, mais je n'étais plus en extase. J'en avais trop vu, j'étais intéressé par les femmes, par la diversité de leurs histoires, mais je les plaignais souterrainement. L'amour ne fait pas bon ménage avec la pitié. Une femme est une montagne à conquérir, on la redoute même quand on est parvenu au sommet. Tu es arrivée. Un type de femme inconnu de moi. Une actrice, une Russo-Française, une camarade. Un cocktail inusité. J'ai aussitôt compris que nous serions amants, et que tu effacerais le sentiment de lassitude dans lequel je végétais. Le pari de te séduire redorait mon blason, me projetait dans une aventure véritable et périlleuse. J'avais besoin de cela pour croire encore en moi, en l'amour, et en l'avenir. Les prémices de la débandade politique où mes compagnons nous entraînaient, la débâcle générale qui allait conduire à la chute du Mur me suggéraient de me tourner vers le privé, vers la construction intime d'un couple. Tu étais la meilleure partenaire que j'avais croisée, tes propres besoins se conjuguaient aux miens, ensemble nous pourrions vivre une apothéose. Entre nous le présent comptait plus que l'avenir. L'urgence de l'un se cumulait à celle de l'autre. Tu devais savoir si tu étais une femme, et je devais croire à nouveau que j'étais un homme. Étrange convergence que nous avons appelée amour.

Le serveur s'approche de notre table et propose :

– *Una grappa, signori ?*

– *Volontieri*, pour une fois. Et toi un *amaro averna*, comme au bon vieux temps ?

– Soit. J'en bois à Paris, tu sais.

– S'il n'est resté que cela, c'est déjà pas mal... *Va bene. Una grappa e un amaro averna per la signora. Con il conto.* Je pense qu'ils veulent fermer.

– Continue. Je te suis reconnaissante de me parler franchement.

– Tu n'es pas blessée ?

– On verra. Pour l'instant je t'écoute. Si tu désires me blesser, je le découvrirai tôt ou tard.

Il dit :

– On ne cesse de se venger, ne crois-tu pas ?

– On ne cesse de se redéfinir, dis-je. L'important, c'est de survivre. Hier et aujourd'hui. Cela réclame quelques aménagements, j'imagine. Mais j'ai confiance en ton désir de clarté. Il t'est utile autant qu'à moi. Quand tout s'obscurcit autour de nous, quand les mœurs se vulgarisent, s'éloignent de nos rêves de jeunesse, il nous reste l'honnêteté, comme drogue et comme consolation. Affronter ce qui a été, ce que nous avons été. Sans voile. C'est notre devoir de citoyens de gauche.

– La gauche... On l'avait chargée d'une bien lourde tâche. Le Bien et le Mal ne sont pas aussi tranchés. Toute simplification amène les abus, les contradictions. On venait d'assassiner Moro quand tu m'es apparue Piazza Navona. J'étais un homme chagriné, abattu, écœuré. J'ai pensé : « Cette femme va me sauver. Elle va me faire oublier les années d'exclusion, de sacrifice. » On était rayés de nombreux journaux, si on n'avait pas sa carte de la Démocratie chrétienne, quand j'ai débuté. Mon idéal était vivant, mais mon désir de combattre avait du plomb dans l'aile. Aux réunions du Parti, nous errions comme des âmes en peine, accablés et déçus. Beaucoup d'entre nous ont changé de vie, se sont retirés pour écrire, pour peindre. Ou pour faire l'amour. Égoïstement je t'avais choisie pour cette retraite. Tu serais mon univers, ma niche, mon triomphe. Je n'étais pas de taille à te fournir les autres choses dont tu avais besoin, je le savais, mais au moins tu connaîtrais la passion, le jusqu'au-boutisme du sexe. Je pouvais te donner cela. Nous avons produit un chef-d'œuvre. À usage privé, éphémère, mais réel. Une création unique, faite de chair, de larmes et de liberté. Je ne sais pas si nous nous sommes aimés. On chapeaute ce qu'on ne maîtrise pas de ce mot passe-partout. Je sais que nous avons existé, que nous avons franchi des étapes ensemble, et que sans ce marathon tu ne serais pas la femme que tu es aujourd'hui.

– Une femme qui s'interroge.

– Une femme qui s'éloigne. Tout à l'heure, j'ai posé ma main sur la tienne. Tu t'es promptement dégagée, pas par timidité, mais par répulsion. Tu ne t'en es pas aperçue. Je me suis dit : « Il n'y a plus rien entre nous, nos corps ne communiquent plus. Cette femme qui a occupé une si grande place, qui m'a rendu fou, au point de la maltraiter, de l'offenser, de la frapper, cette femme est maintenant une étrangère, elle est ailleurs, elle appartient à un autre homme, à un autre amour. Notre lien n'est désormais que le fil du souvenir. »

15

EXTRAIT du livre : *Mes femmes et mon cinéma*, d'André K., publié à Moscou en novembre 2002.

« ... Elle n'avait aucune idée de la vie chez nous, comment nous travaillions, comment nous nous nourrissions, comment nous nous déplacions. Comment nous ne pouvions pas nous déplacer, surtout. Nous ne pouvions aller nulle part, ni à l'Ouest, faute de visa, ni à l'intérieur du pays, faute d'argent et de moyens de transport. Étudiants fougueux et avides de voir le monde, nous étions constamment frustrés, empêchés. Nous ressentions ces privations comme une punition. Notre seule consolation était le visionnage des films étrangers qui parvenaient à notre école de cinéma. Nous vénérions les réalisateurs français, italiens, suédois. Nous connaissions tous leurs acteurs, leurs actrices. J'ai adoré trois actrices sur l'écran avant de les adorer en chair et en os, bien des années plus tard : Liv Ullmann, Shirley MacLaine et une jeune actrice de la Nouvelle Vague, russe d'origine, Macha Méril.

« Quand j'appris qu'elle serait dans la délégation française au Festival de Moscou, mon cœur a bondi. Il fallait absolument que je la connaisse. Je n'étais pas dans les bonnes grâces des organisateurs, à l'époque, j'avais tourné un deuxième film que l'on considérait subversif, après le succès de *Premier Maître*. L'histoire d'une paysanne qui s'apercevait qu'elle était enceinte, pendant les moissons, et ne savait pas qui était le père. Situations fréquentes dans les campagnes, mais le communisme brejnévien de ces années-là ne pouvait pas montrer un tel tableau de nos moujiks, et *Assia* ne fut pas sélectionné pour le festival. On m'interdisait de montrer le film à qui que ce soit, et la pellicule était séquestrée aux Studios de la Mosfilm. J'enrageais, les appuis influents de ma mère ne purent rien y changer, et je répugnais à demander l'aide de mon père, membre du Comité central. Mon frère Nikita, alors seulement comédien, eut plus de chance que moi. Il m'annonça que son dernier film était présenté en grande pompe dans la compétition officielle. Dès ce jour, je sus qu'il aurait toujours plus de chance que moi.

« Il me fallut ruser pour obtenir une accréditation afin d'accéder au Palais des Congrès où se déroulait la manifestation. Je n'hésitai pas à offrir un très bel appareil photo allemand à la secrétaire qui délivrait les badges, en me présentant sous un faux nom avec les papiers d'identité d'un ami journaliste sportif que le cinéma ne concernait pas. Ma première démarche fut de repérer, dans l'immense salle à manger encore déserte, les tables attribuées à chaque délégation. Un petit drapeau du pays invité identifiait chaque table. Je trouvai enfin le drapeau français, et la liste des représentants : beaucoup de noms inconnus, des officiels sans doute, et parmi eux Jean-Paul Le Chanois, Pierre Kast, Alexandra Stewart, Pascal Aubier, Michel Legrand, Gabriel Albicocco et Macha Méril. Je les connaissais tous, par les films, par les photos dans les magazines de cinéma que nous étions autorisés à consulter dans la bibliothèque du VGIG, notre école de cinéma.

« Dans les couloirs, je rencontrai mon ami et confrère géorgien Otar Osséliani, et nous fîmes le plan d'aller nous présenter aux Français à l'heure du repas. Il parlait un peu le français, tandis que je baragouinais l'anglais.

« – Il y a une Russe parmi eux, elle pourra nous traduire. Elle s'appelle Macha.

« Quelle ne fut pas ma surprise quand je découvris que cette fille de princes russes émigrés en France après la Révolution ne parlait que quelques mots de notre langue, en faisant beaucoup de fautes ! Je mesurai le rejet qu'avaient ressenti ces réfugiés chassés de leur pays pour tout ce qui leur rappelait une vie passée, leurs propriétés perdues, leurs parents déportés, assassinés. Nous étions la première génération à prendre conscience de ces crimes et nous étions férocement anticommunistes. On nous avait menti, on avait trafiqué les livres d'histoire, on avait censuré les récits, les livres et les témoignages. Ma deuxième surprise fut de découvrir que ces jeunes Français étaient procommunistes, avec des réserves depuis les événements de Hongrie, mais ils se sentaient "de gauche", comme ils disaient. Nous ne savions pas ce qu'est la gauche ou la droite, sauf dans la circulation automobile, bien que peu d'entre nous aient possédé une voiture. J'avais ce privilège, seule largesse de mon père que j'avais acceptée à contrecœur, mais qui me permettait d'aller voir ma mère à la campagne plus souvent. C'était une Volvo qui consommait des barriques d'essence, audessus de mes moyens d'étudiant. Je proposai au petit groupe de jeunes Français de leur montrer nos studios, et éventuellement, leur glissai-je discrètement, de voir mon film sur une table de montage. Nous prîmes rendez-vous pour le lendemain, devant la *boulotchnaïa* qui faisait le coin de leur hôtel et où je leur recommandai d'acheter des *pontchiki*, délicieuses brioches au sucre.

« Le jour suivant, je mis ma meilleure chemise et un jeans que j'avais eu la chance d'acheter à un contrebandier lituanien, et je m'embarquai avec mon mastodonte Volvo. Je n'omis pas de fourrer une bouteille de vodka dans ma sacoche, je savais que les occasions de trinquer ne manqueraient pas. Mes Français m'attendaient à l'endroit dit, ils étaient quatre : Macha, Alexandra, Pascal et son ami scénariste qui s'appelait aussi Pascal. Ils me racontèrent les difficultés qu'ils avaient eues à semer leur guide-interprète, certainement un surveillant du KGB qui tenait absolument à savoir où ils allaient. Ils s'étaient échappés par les cuisines, dans un grand éclat de rire. Leur insouciance m'amusait, ils n'évaluaient pas les dangers encourus.

« Un premier souci se souleva : nous n'avions pas le droit de circuler avec plus de quatre personnes dans une voiture, ni de transporter des étrangers, sans un mandat spécifique. Je décidai que le Pascal-bis avait une tête de Français trop décelable, il se planquerait à l'arrière, couché au sol entre les sièges. Macha trônait à l'avant avec moi, Pascal et Alexandra derrière, avec l'autre Pascal à leurs pieds. Les studios se trouvaient hors du périmètre consenti pour des touristes, de toute façon nous étions hors la loi.

« Je passai devant un bel immeuble du centre qui avait appartenu à la famille de Macha, elle souhaita s'arrêter et faire une photo, contre mes mises en garde. Le *dvornik*, le portier, sortit de sa loge et dit : "Je sais qui tu es. J'ai vu ta photo dans le journal ce matin. Tu es une descendante de ceux qui ont fait construire cette maison. Viens, je vais te la faire visiter."

« Il nous montra avec gentillesse les salles de bal devenues des halls, les plafonds peints, les escaliers de bois sculpté. Macha était aux anges, ses camarades s'exclamaient, faisaient des photos. Moi, je surveillais nerveusement les entrées, les sorties, les portes d'ascenseur. Pourvu que personne ne nous voie, ne nous signale au contrôleur du quartier. Je les pressai de repartir, après de chaudes embrassades avec le brave concierge, rouge d'émotion.

« Aux studios, j'avais quelques alliés, un vieux monteur qui avait connu Poudovkine et une femme de ménage qui disposait de toutes les clés. Dans ce pays, sous le régime stalinien qui sévissait toujours, malgré quelques ouvertures datant de Khrouchtchev, rien ne marchait sans les multiples combines, les arrangements personnels, offerts par les failles de l'organisation, les vides de pouvoir, les échancrures entre les systèmes mal gérés. On se faufilait, on se fabriquait une famille, un gang, et finalement l'environnement humain et affectif rendait la vie possible, presque agréable. L'obéissance n'était qu'apparente, chacun jugeait par soi-même de la validité des ordres, et pratiquait en toute conscience l'inertie ou l'efficience. L'amitié, le soutien aux jeunes, l'indulgence jouaient un grand rôle, cette chaleur nous entourait, compensait les absurdités et les interdits.

« Je fermai les rideaux noirs de la petite salle de montage, nous étions assis sur les bureaux, et la projection commença. Une ambiance de résistance et de complot régnait. J'étais excité et déjà amoureux de Macha.

« Le film en noir et blanc, sans musique et non mixé les enthousiasma. Je leur avais traduit quelques phrases de dialogue, au fur et à mesure, mais le film se comprend par les images. Mes personnages, presque tous de vrais kolkhoziens, parlent un patois que même les Moscovites ne comprennent pas. Je sortis ma bouteille de vodka, et nous bûmes au goulot, les uns après les autres, désinfectés par l'alcool à 40°, en mangeant les brioches qu'ils avaient achetées sur mes conseils. De lourdes boules de farine mal cuites que mes amis taxèrent "d'étouffe-chrétiens". On discuta d'un plan pour que les bobines puissent sortir d'URSS, et être montrées à des distributeurs à Paris. Magnanime, Macha offrit aussitôt son beauty-case qu'elle gardait toujours à bord, et qu'on ne contrôlerait pas. Son inconscience me charmait, et je me prenais à croire au monde tel qu'elle le voyait, où les citoyens sont respectés et libres de leurs mouvements.

« On décida d'aller faire une promenade privée, hors des trajets touristiques. Je leur montrai les fenêtres des appartements habités par les grands pontes du gouvernement, les magasins réservés à la nomenklatura, les potagers dans les jardins publics où les riverains cultivaient des salades et des carottes en bordure des allées. Puis je proposai de les emmener au Bolchoï.

Je n'avais pas de places, mais j'avais un ami cymbalier qui nous ferait entrer dans la fosse d'orchestre. Je pris la main de Macha et je ne la lâchai plus.

« On donna le reste de vodka au régisseur et nous avons vu *Le Lac des cygnes*, tapis aux pieds du chef d'orchestre, qui était un ami de ma mère. Mes Français trouvèrent le ballet vieillot, mais la danseuse magnifique, bien que trop âgée pour le rôle. Nous sortîmes sur le parvis du théâtre, un ciel criblé d'étoiles nous attendait, une chaude soirée d'été moscovite. Je pris Machenka dans mes bras, je la soulevai, je la fis tourner, tourner en lui criant :

– *Lioubliou tebia ! Lioubliou tebia !* (Je t'aime ! Je t'aime !).

« Je l'aimais sincèrement, follement, les Russes ne freinent pas leurs sentiments, je laissais l'amour entrer au plus profond de mon cœur. Elle me regardait, ébahie, étourdie. Elle me dit doucement : “Moi aussi.” Ainsi a commencé une histoire belle et triste. Belle parce qu'elle me donnait des ailes, qu'elle me transportait, mais triste parce qu'elle ne pouvait aboutir, et que les circonstances ont eu raison de cet amour.

« Pendant l'année qui a suivi, nous nous sommes revus à Prague, à Varsovie, à Tbilissi, là où mon passeport m'autorisait à me rendre. Elle prenait des avions, chers et malcommodes. Sa vie de cinéma l'absorbait, elle avait peu de temps pour moi. Fondamentalement, je pense que nous ne nous sommes pas compris. Elle voyait en moi l'homme qui la ramenait à ses origines russes, mais elle n'était pas sûre de m'aimer. Elle me trouvait excessif, brutal, sauvage. En amour, elle préférait la douceur, je la trouvais molle et peu enflammée. Elle a cru que je voulais me marier avec une Occidentale pour obtenir la nationalité française. Bien sûr, j'y pensais, mais j'étais déjà marié avec l'héroïne de mon premier film, Macha ne le savait pas, ou ne l'avait pas compris. J'avais un fils, qui vivait en Ouzbékistan avec ses grands-parents. Je ne suis pas l'homme d'une seule femme. Je tombe amoureux, je ne peux pas l'empêcher, si je ne livre pas mon amour aux femmes belles et séduisantes que je rencontre, il me semblerait de les offenser, de les humilier, de les ignorer. Ne pas rendre hommage à leur beauté, à leur charme. Aimer une femme ne m'a jamais empêché de tomber amoureux d'une autre. Je ne peux pas fermer les yeux, les oreilles, ne pas voir, ne pas entendre toutes ces voix de femmes qui chantent autour de nous, pauvres hommes affolés. Je n'ai jamais menti. J'ai dit aux femmes avec lesquelles j'ai vécu que je pouvais partir d'un moment à l'autre, dans le sillage d'un nouvel amour. Les femmes qui s'engagent auprès de moi le savent. Elles prennent ce que je peux leur donner, tant qu'elles sont avec moi. Je ne promets rien. Je ne veux pas faire souffrir, aussi je leur dis dès le début : "Je ne resterai pas, je suis ainsi, je me donne, et je me reprends." Me contraindre serait emprisonner un tigre dans une cage. Je fais exploser les barreaux et je dévore mes geôlières. Un proverbe de chez nous dit : “Gratte un Russe, tu trouveras un Mongol.” Je suis un Tatar qui ne tolère aucune frontière, aucune attache. Une femme ne peut pas être heureuse avec moi, je suis comme le feu, j’éclaire fortement, mais je brûle. Les femmes ont beaucoup compté dans ma vie, mais ce n’était pas l’essentiel. Je crois que je peux me passer d’elles. Pas du cinéma, ni de la musique, ni de ma foi. Je finirai seul, moine dans une contrée du Nord. Quelques femmes m’ont adoré, ont saccagé leur existence pour me côtoyer. La petite Macha a été judicieuse, elle a eu peur et elle s’est sauvée. Elle vit à Paris, elle fait la cuisine et elle écrit des livres. Quand je la revois dans un film, je pense : “Qu’avons-nous fait de nos rêves d’enfants ?” »

16

– Tu ne m'as pas arrangé dans ton livre. Beaucoup de personnes ont pu me reconnaître.

– Je ne donne pas ton nom, ni ce que tu fais. J'en ai fait autant pour les autres.

– Oui, mais ils sont loin dans le temps. Notre histoire était récente.

– Personne n'a vraiment su ce qu'il y avait entre nous, puisque nous ne vivions pas ensemble. Et que tu continuais à fréquenter tes anciennes flammes.

– Flammes... Je ne sais pas ce que cela veut dire. Avec toi, peut-être, une brûlure...

– Un mauvais coup de soleil.

– Ne crois pas cela. Tu m'as dérouté, je me suis posé un tas de questions. Je n'ai pas très bien compris ton agitation finale. Il me semblait que les choses se mettaient en place... Enfin, pouvaient se mettre en place. Tu vois, j'ai sauté le pas aujourd'hui avec Brigitte. Je me suis installé avec elle. Moi, en ménage ! Je n'en reviens pas moi-même !

– Je suis contente pour toi. La vexation de notre rupture y est peut-être pour quelque chose. J'espère. Ce serait navrant que les séparations ne servent à rien. Qu'à faire souffrir. Je pense qu'on progresse, qu'on tire profit des échecs. J'en suis même persuadée. Les moments de bonheur sont-ils aussi utiles ?

– J'ai eu des moments de bonheur avec toi, auxquels je n'étais pas habitué. La vie n'était que lutte et contrariété pour moi, depuis l'enfance. Je me réveillais la nuit, quelquefois, en me demandant : « Pourquoi suis-je heureux ? Que me fait-elle ? Où me conduit-elle ? » Je craignais un piège, un ensommeillement. Je ne suis pas familier du bonheur. Je ne le cherche pas.

– Je sais bien, tu ne bois pas, tu ne manges pas. Ne laisse pas ce merveilleux tagine refroidir.

Attentif, le serveur marocain nous apporte du bouillon chaud pour le couscous. Nous avons commandé de la semoule et des tagines, ce n'est pas très orthodoxe, mais nous n'arrivions pas à choisir, ce compromis nous a sortis d'une longue hésitation.

– Je n'ai jamais le temps de me mettre à table et de manger. Dans ma fonction, il faut constamment être sur le pont.

– Sois honnête, cela te convient. Tu pourrais parfaitement déléguer. Tu es entouré de collaborateurs, de secrétaires. Je pense que tu n'aimes pas le plaisir. L'obligation du devoir t'excite davantage.

– J'ai la responsabilité de trois cents personnes. Trois cents individualités qui ont trois cents types de besoins, de problèmes. En France, quand il y a le moindre pépin, on s'en prend tout de suite au chef. Ce n'est pas ainsi en Allemagne ni en Autriche. Ni même aux États-Unis. Nous sommes des enfants gâtés. Mais parlons de toi. Alors tu remets ça ? Tu vas encore nous passer au peigne fin, pauvres bonshommes ? Tu as un bon contrat, j'espère, après le succès de ton dernier livre.

– J'ai quelques questions à te poser. Tu répondras si tu veux.

– À la bonne heure ! J'apprécie que tu me donnes le choix...

– Je ne t'ai pas persécuté, quand j'ai compris que c'était fini, que rien ne bougerait entre nous, tu dois l'admettre.

– Comment aurais-tu pu me persécuter ? Tu as pris un amant, voilà tout.

– Ce n'est pas un amant. Nous vivons ensemble depuis cinq ans, et je pense que nous avons encore de belles années devant nous.

– Tant mieux. Je ne l'aurais pas cru, je te le confesse.

– Parce que tu es conventionnel. Tu n'as pas vu sa personnalité, tu as vu son âge. Le fait qu'il soit beaucoup plus jeune que moi te paraissait un handicap.

– Oui. J'aimerais encore près de toi un homme plus... plus...

– Plus quoi ? Plus riche ? Plus mûr ? Plus important ? Tu serais étonné : il est bien plus mûr que moi.

– Pas difficile, éternelle petite fille ! Tu es incroyable. On dirait que le temps n'agit pas sur toi.

– Il agit. Il me sculpte. Il rabote ce qui est en trop. Je suis une personne meilleure qu'il y a vingt ans.

– Moins d'aspérités ? Moins de gaspillage d'énergie ? C'est tout simplement la sagesse, ma chère, qui vient en vieillissant.

– Je déteste le mot sagesse, et l'usage qu'on en fait. Il y a des vieux qui ne sont pas sages du tout. Qui osent ce que bien des jeunes n'osent pas. C'est un lieu commun, la sagesse des ans. Je ne suis pas plus sage qu'avant, je suis plus efficace. J'ai moins peur, je ne perds pas de temps.

– Parce que tu entames un compte à rebours, que tu le veuilles ou non. Je connais bien cela, sauf que, contrairement à toi, ça me donne des sueurs froides. Je sais déjà ce que je n'aurai plus le temps d'accomplir.

– Pour toi-même ou pour l'humanité ?

– Pour laisser un souvenir. Un souvenir utile à mes concitoyens, et beau, si tu veux. Je ne prétends pas être indispensable, mais j'aimerais que ma vie ait servi à quelque chose.

– Un ami m'a dit qu'en Occident les hommes tiennent à appliquer leur nom à leurs œuvres. Tu aimerais avoir une rue à ton nom ?

– Une rue, non, mais un théâtre, un opéra, un nouveau bâtiment, où des milliers de personnes pourraient écouter après moi les musiques que j'ai aimées. Je voudrais mourir dans une salle de spectacle, pendant un opéra. J'aimerais qu'on m'enterre dans les soubassements d'une scène. C'est impossible, je le sais. J'ai donc laissé des instructions testamentaires pour qu'au moins mes obsèques aient lieu dans un théâtre.

– Un grand. Un théâtre national.

– Pourquoi pas. Je te charge de t'en occuper. Tu sauras très bien séduire les ministres du moment.

– On ne sait jamais qui partira le premier.

– Tu es en caoutchouc imputrescible. Tu nous enterreras tous.

– Ça t'a agacé, hein, que je ne crève pas après notre séparation. Tu as vu plus de femmes brisées que de femmes ravigotées, sur ton passage.

– Tu me confères de bien sombres pouvoirs. Je ne suis pas simple, je n'ai pas été un compagnon parfait, je n'ai pas été fidèle, mais on peut compter sur moi. Bon nombre de ces femmes dont tu parles bénéficient encore de mon aide.

– Tu les cases, tu leur trouves un job, mais tu ne les épouses pas. Tu ne t'es jamais marié, tu n'as même pas essayé.

– Le mariage me fout la trouille, c'est un fait.

Comme à tous les hommes, je crois. La société les coince, neuf fois sur dix. Moi, j'avais une si longue pente à remonter pour devenir quelqu'un que j'y consacrais toutes mes forces. Puis je me suis réveillé à cinquante ans, sans famille, sans enfants, et je l'ai regretté. Mais c'était trop tard, j'avais le pli du célibataire.

– Cavaleur.

– Les femmes me plaisent.

– Je n'en suis pas si sûre. Tu ne sais pas quoi en faire. Ce qui compte, dans une relation, c'est son avenir. La façon dont elle va nous changer, nous orienter. Si on ne dit jamais oui à une femme, on la prive de son rôle de femme, elle reste un livre fermé. Tu as eu des copines, des maîtresses, des adversaires, des esclaves, mais pas de femme. Tu les contemplais, mais tu demeurais à côté, sans les laisser entrer. C'est le secret de ton charme. Chaque femme espère trouver la clé, te libérer, te faire évader de ta forteresse. J'espère que ta compagne actuelle y est parvenue, que tu as baissé le pont-levis. Moi, j'ai calé, je me suis avouée vaincue. Ce n'est pas faute d'être montée à l'assaut !

– Tu t'étais lancée, bille en tête. Mes proches t'observaient avec étonnement.

– Je te rappelle que dans un moment d'égarement, sans doute, tu m'avais demandée en mariage... Huit jours après que nous nous étions rencontrés. Textuellement, tu as dit : « Toi, je vais t'épouser. » Un peu cavalier, et pas gentil pour la liste d'attente des femmes que tu traînais dans ton carnet d'adresses, mais sain et cordial. À nos âges, il n'y avait pas de temps à perdre. Nous n'aurions pas fait une famille, mais d'autres choses, à deux ça marche mieux. Ton expérience, tes relations et mon ardeur, mon tonus. On aurait fait des étincelles. Puis plus rien. Le silence. Tu n'as plus jamais parlé de rien. Les mots avaient suffi. Les actes étaient superflus.

– Je suis incapable d'entreprendre à deux. Ni avec un frère, ni avec un partenaire, ni avec une femme. Un grand défaut, mais je n'y puis rien, je me connais. Chaque fois que j'ai tenté de m'associer, je l'ai payé cher et les projets capotaient.

– On est obligé de s'allier à quelqu'un, à ton niveau. Tu dépends des ministères, des gouvernements, tu ne me feras pas croire que tu es totalement maître à bord.

– C'est la politique, les fluctuations qu'entraîne le roulement des hommes aux rênes du pays. Mais dans ma propre maison, il ne peut pas y avoir deux chefs.

– Tes camarades n'ont pas dû rigoler, pendant la cohabitation.

– Un cauchemar. Un vrai cauchemar. Ils ont tous dit : « Plus jamais ça. »

– Il valait mieux un 21 avril ?

– Peut-être. Les Français y ont vu plus clair.

– Les Français s'en foutent. Dans mon Gers, où je vis avec Benoît depuis deux ans maintenant, ils ne savent pas où est Paris. Pour eux, tant qu'il y aura des palombes, de bonnes vendanges et du rugby, les ministres peuvent se succéder, ça ne leur fait ni chaud ni froid. Ça remet les idées en place, je t'assure.

– Ils ont bien voté, pourtant, dans le Gers.

– Tu te présentes quelque part ?

– Surtout pas. Il faut des jeunes, pour retrouver nos forces. Nous, ça y est, on est des mammouths. Nous devons passer la main.

– Tu es jeune, Pierre-Philippe. En pleine possession de tes qualités. Ton nouvel amour te rajeunira encore, tu verras. Tu ne dois pas renoncer.

– On ne décide pas tout. Ce sont les militants qui nous choisissent. La tendance actuelle est de nous accuser de tous les malheurs.

– Ils n'ont peut-être pas tort...

– De nous virer, non. De ressusciter les vieux slogans, les vieilles tactiques de l'après-guerre, ça oui. Ils vont aller dans le mur. Des petits connards extrémistes qui profitent de l'ignorance des jeunes ensuqués de télévision leur couperont l'herbe sous les pieds.

– J'aime te voir en rogne. C'est mieux que ton discours sur la sagesse et la retraite plan-plan.

– Je suis un peu fatigué, cependant. J'en ai marre de cette trotteuse qui minute ma vie depuis des années. J'aimerais prendre le temps de te parler, mais je pense déjà à ma réunion syndicale, dans trois quarts d'heure.

Je suis constamment en sursis. Je vole des minutes fuyantes, par-ci, par-là.

– Une fuite en avant dont tu te délectes, allez. Quand on a envie de réfléchir sur sa vie, ça devient une priorité, on trouve le temps. Tu n'as pas envie de réfléchir sur ta vie. Pas encore. Peut-être jamais.

Il rit. Un rire croassant. Il croise les mains sous le menton.

– Je te trouve bien philosophe.

– Je suis curieuse. C'est devenu mon activité principale. Nous n'avons pas beaucoup avancé. Je suis un peu désappointée par notre déjeuner. C'était très bon, merci d'avoir choisi ce délicieux restaurant, mais tu ne m'as rien dit, malgré mes provocations. Je ne saurai jamais ce que tu avais dans la tête. Ou dans le ventre. Je pensais que tu saisirais l'occasion de m'égratigner, d'autopsier notre liaison. Mais non, tu persévères dans l'impunité, ton cœur est siliconé, blindé. Tu es l'homme le plus insaisissable que j'aie jamais connu. On dirait que ce qu'on pense de toi t'indiffère, ou bien que tu es exercé à ne pas en tenir compte. On dirait qu'aucune femme n'a eu à se plaindre de toi, alors qu'elles ont hurlé, qu'elles se sont rebellées, furieuses et vindicatives. C'est toi qui es en caoutchouc, tu te cognes, mais tu rebondis, insensible et souriant. Un sourire sans couleur, un sourire de politicien, de courtisan, d'homme d'appareil. Un sourire bien calibré, qui ne déforme pas le visage, qui ne montre pas les dents, ni les sentiments. Un sourire qui n'engage ni ne refuse, un sourire de curé, un sourire qu'on ne peut pas fixer, d'ailleurs tu es flou sur toutes les photos, tu es un spectre, un démon comme ceux de Boulgakov dans *Le Maître et Marguerite*. Ils se fondent dans la foule, se moulent aux situations, on ne sait ni qui ils sont ni ce qu'ils pensent. Ils attendent patiemment que leurs victimes tombent pour les relever, méprisants et navrés. Allons, vous voyez bien que le bonheur n'existe pas, que vous êtes des incapables, que le châtiment était fatal. Te souviens-tu, sur cette plage, quand j'ai sauté du rocher, tu me regardais de loin, et je suis tombée, je me suis déboîté le genou. C'est ton regard qui m'a fait tomber, un regard carnassier, hostile. Tu m'en voulais d'aimer la mer, d'aimer l'été, d'avoir envie de courir, de mettre les pieds dans l'eau la première, de pousser des cris de joie, de me réjouir d'être avec toi. Tu as mis fin à cette bonne humeur par trop juvénile. J'ai senti ton regard dardé sur moi, et je suis tombée.

17

– RODOLFO, mon chéri ! Qu'est-ce que tu fais là ?

– Je suis venu te voir.

– Me voir ?

– Te voir et te parler. J'ai quelque chose à te dire.

– Oh ! là, là ! Tu me donnes le vertige. Qu'as-tu de si sérieux à me dire ? Tu te maries ?

– Les mères... Vous êtes infernales... On ne peut rien vous annoncer.

– J'ai deviné ? Hein, mon chéri ?

– J'ai besoin de te parler, c'est tout.

– Ça tombe bien, moi aussi.

– Tu te maries ?

Nous éclatons de rire ensemble et je l'embrasse dans le cou, comme quand il était petit.

– Non, rassure-toi. On ne m'y reprendra pas. J'ai compris avec ton père. Mais je dois être honnête, j'ai aimé qu'il m'épouse. J'ai aimé qu'un homme me choisisse, me confie son nom, sa famille, ses enfants. Tu avais deux ans. J'aurais bien voulu que vous veniez au mariage à Paris, ton frère et toi. Mais ça n'a pas été possible. Les grands-parents trouvaient cela un peu violent. Ils ne pouvaient pas nier votre existence, mais pour la circonstance, en bons catholiques qu'ils étaient, ils préféraient que la vie passée de leur fils ne soit pas étalée. Aujourd'hui ça ne choquerait personne, mais dans ces années-là, avant 68, la bourgeoisie italienne n'était pas préparée à cet élargissement des mœurs. On pratiquait le mensonge pieux, l'hypocrisie.

– Tu parles fréquemment de 68 comme d'une date clé, une date charnière. À vous entendre, les gens de ton âge, il y a « avant », et « après ». Comme pour Jésus-Christ. Le monde a tellement changé sur une manif d'étudiants ?

– Ce n'était pas une manif d'étudiants. C'était un ras-le-bol de toute une génération. Pour moi, c'est une révolution du langage, de la parole. Nous avons remis à plat les modes d'expression, les codes de politesse et de relation entre les individus. Un nettoyage était nécessaire, les barons et divers nantis devaient laisser la place aux nouvelles compétences, à l'ouverture du monde moderne qui frappait à la porte. C'était le début de l'informatique, de la communication rapide, on savait que ces technologies allaient révolutionner le travail, les usages professionnels et domestiques. Les scientifiques l'expliquaient aux autres, les journalistes prenaient le relais. Je me souviens d'un article de Françoise Giroud sur les ordinateurs. Elle disait qu'ils entreraient dans la vie de tous. On la prenait pour une folle, exaltée par la modernité, très à la mode avec la peinture abstraite et la musique sérielle. Elle était tout simplement informée. Les chercheurs utilisaient déjà Internet, il suffisait d'en imaginer le développement. Mais une grande partie de la société refusait le changement. En France plus qu'ailleurs. Les privilégiés, bien sûr, ceux qui étaient assis sur des avantages, des héritages du passé. Pour cette raison, 68 a été aussi fortement politique, une classe contre l'autre, un âge contre l'autre. Je plains les jeunes qui ont loupé le coche, qui sont restés chez eux, ou dans les positions de leurs parents. Ils ont raté deux occasions de croître, une sociale et une temporelle. On ne récupère pas ce qu'on n'a pas partagé avec son temps. On loupe une marche, un gradin, et on garde une case noire dans sa biographie. Un maillon manquant.

– Papa n'a pas du tout participé à ces mouvements.

– Ton père enseignait dans une université catholique, à Bologne. Il était éloigné du cœur de la révolte.

– Aujourd'hui, il s'en vante.

– Ton père trouve toutes les raisons de se vanter...

Nous rions de bon cœur. Rodolfo est très lucide sur l'orgueil surdimensionné de son père. Nous en avons souvent blagué.

– Moi-même, j'étais dans une villa à Saint-Tropez, quand la bagarre a commencé. On avait interrompu le Festival de Cannes, et comme il n'y avait plus de trains, plus d'essence, j'avais fait de l'auto-stop. J'étais arrivée jusqu'à la place des Lices ! On a défilé avec les ouvriers de l'usine de torpilles, on était une trentaine à tout casser, les premiers vacanciers nous regardaient avec des yeux ronds. Puis ça s'est répandu dans toute la France, on a commencé à nous prendre au sérieux. Je suis remontée à Paris dans une estafette de transport de produits pharmaceutiques, je piaffais, j'avais hâte de rejoindre mes camarades. Aux usines Renault, il y eut la rencontre historique entre la CGT et les syndicats d'étudiants. Le Parti communiste a dit : « OK, on va les aider, les petits. Ce sera toujours ça dans les gencives du patronat. » Et c'était parti. Le conflit s'est embrasé. On se tapait dessus. Les pavés ont volé dans les rues de Paris. Tout est goudronné, maintenant, ils ont retenu la leçon. La violence est regrettable, mais inévitable. Les mouvements de libération passent par le risque d'y laisser sa peau. La mort est une fabrique de héros.

– Vous n'avez pas risqué grand-chose...

– On avait brisé les cols durs et l'arrogance du vouvoiement, ce n'était déjà pas si mal. Ceux qui prétendent que nous avons fait plus de mal que de bien sont de mauvaise foi. Personne ne voudrait revenir à l'ordre qui régnait pendant ces années-là. Il était temps que ça change.

– Tu as connu papa à cette époque, et tu as accepté de l'épouser. Ce n'était pas très révolutionnaire.

– J'ai eu le coup de foudre pour l'Italie, autant que pour lui. Et mon corps me disait en sourdine que je n'aurais pas d'enfant, que vous seriez mes enfants adoptifs, mon expérience de mère. Je crois à ces ondes prémonitoires qui nous aimantent vers un lieu de notre destin. Tu vois, j'ai acheté cette baraque ainsi. Je n'avais aucune intention d'acheter une maison à la campagne, je n'en avais pas l'argent, mais j'ai éprouvé une attirance incompréhensible pour cette colline, pour ces bâtiments de pierre. Quelques mois plus tard j'ai rencontré Benoît, j'ai abrité notre amour dans ces murs, et j'ai commencé à écrire. Deux entreprises délicates : Benoît est un garçon très particulier, au caractère entier et intraitable, et l'écriture devait prendre une place prépondérante dans mon avenir. Qu'en savais-je, au moment où j'ai remarqué cette bicoque au toit défaillant et au crépi noirci de salpêtre ? Quand j'ai rencontré Massimo, ton père, j'ignorais qu'il avait des enfants. J'ignorais que je t'aimerais si rapidement, si ardemment. Je ne pouvais prévoir ce qui nous lierait par la suite, toi et moi, à travers les intempéries. Ce n'est pas lui que j'ai épousé, c'est la prescience d'un avenir bienheureux qui me tendait les bras. L'Italie patriarcale, la douceur de vivre, la beauté en étaient le paysage. Je me suis laissé embarquer, sous le charme, ensorcelée, emportée par un dessein qui annulait le doute. J'étais confiante, quelque chose m'attendait, strictement prévu pour moi. C'était toi. Pauvre Massimo, il n'a été que le bras du destin.

– Il a été malheureux quand tu es partie. Nous aussi.

– Les années de plomb qui ont suivi étaient peut-être le prix à payer pour notre chance. La mienne était d'avoir dissocié la vie avec ton père de celle, plus prometteuse, qui se profilait avec toi. J'étais devenue ta mère à part entière depuis le décès de la malheureuse Flavia, c'était pour toujours. Rien ne pourrait plus modifier cela. La relation avec ton père était finie depuis longtemps, sans toi je serais partie bien avant.

– Tu as une fâcheuse tendance à partir... J'ai vu quelques hommes se succéder dans ta vie, c'est toujours toi qui pars...

– Apparemment. Les hommes abhorrent les ruptures, l'étalage des torts, des fautes. Ils savent très bien créer les conditions de la rupture, et s'arranger pour que la femme prenne la décision. C'est tactique. Des siècles de commandement leur ont appris à être plus diplomates que nous. Les femmes sont parfois cassantes. Ton père voulait se débarrasser de moi. J'avais déjà connu cela. Un moment vient où ma dignité m'interdit de rester.

– Je pense que tu es une femme libre, cela te différencie des autres. Pas facile pour moi. Pas facile d'être le fils d'une femme météore qu'on ne retrouve pas là où on l'avait quittée la veille...

– Je comprends... Tu aurais souhaité plus de stabilité. Mais la stabilité est un leurre. Tout change autour de nous. Notre constante, c'est la force de l'amour. Tu savais, au fond de toi, qu'entre nous il n'y aurait pas de faille.

– Je parle du modèle féminin que tu représentais. D'un côté, j'étais fier de toi. De l'autre, j'aurais bien voulu avoir une mère présente, qui me réchauffe et me console...

– Mon chéri...

– Quand j'ai commencé à regarder les filles autour de moi, elles me paraissaient mièvres. Je préférais les étrangères aux Italiennes, plus indépendantes, plus libérées. Mais je ne suis pas sûr qu'elles me conviennent. Au fond, j'ai honte de te l'avouer, mais une gentille fille un peu crétine ne me déplaît pas.

– Il y a des crétines qui révèlent un grand bon sens. Je t'approuve, ce qui compte, c'est qu'elle t'aime, et qu'elle soit généreuse, qu'elle ait du cœur. Les petites ambitieuses égoïstes ne gardent pas les hommes longtemps...

– Les filles disent que je ne peux pas m'empêcher de les comparer à toi. Elles disent que je cherche tous les prétextes pour ne pas m'engager.

– Tous les hommes mettent leur mère en bouclier. C'est à vos fiancées de nous déboulonner !

– En vérité je n'éprouve aucune urgence à me mettre un ménage sur le dos. Mais à un moment ou un autre, ça se présente, les limites économiques font qu'on vit sous le même toit, qu'on se crée des habitudes...

– Vas-y. Accouche. Tu t'installes avec Paola ?

– J'y pense. Elle y pense. Nous y pensons.

– Vous y pensez. Ils y pensent. Alléluia.

– Tu ne la connais pas. Je ne sais pas si elle te plaira.

– Ce n'est pas à moi qu'elle doit plaire.

– Mais il vaut mieux qu'elle te plaise. Tu sais bien...

– Je t'écoute. Tu as des révélations à me faire sur elle ? Elle est unijambiste, bègue ou Témoin de Jéhovah ?

– Ne plaisante pas. Elle est... une fille normale. Ni une beauté, ni la première de sa promotion, ni une championne sportive. Une jolie fille, normale.

– Tu me chagrines. Ai-je prétendu que tu n'aimes que des surdouées ou des Atalantes ? Suis-je jamais intervenue dans une seule de tes histoires d'amour ?

– Tu n'as pas besoin d'intervenir. Tu es là. Tu es présente, dressée devant moi comme la statue de la Liberté. Une mère.

– Suis-je un spécimen catastrophique ?

– Tu n'as pas que des qualités...

– Tu veux dire : j'ai beaucoup de défauts.

– La fille de Bette Davis a révélé des horreurs sur sa mère. Ce n'est pas facile d'avoir une mère qui appartient à tous...

– Merci de me comparer à une star illustre. Le poids de Hollywood est certainement destructeur. Mais notre cas était spécial. Tu m'as choisie. Je t'ai choisi. Ce n'est pas un typique rapport mère-fils.

– Raison de plus. Je ne peux pas pester contre les gènes que tu m'aurais collés. Je ne suis redevable que de tes actes.

– Et de mes sentiments. Tu n'as rien demandé, on t'a offert une mère de substitution, tu l'as acceptée, voilà. Bonne ou mauvaise, c'était ton lot, mon infortuné poussin !

– Les années vécues ensemble, la vie quotidienne orchestrée par toi, tes gestes, tes mots, tes goûts ont forgé malgré moi ma vision de la femme.

– Au moins tu ne les hais pas, c'est un bon point pour moi !

– Je les veux belles et intelligentes. Mais je ne leur suffis pas. Elles se plaignent que je ne leur donne pas assez.

– Tu trouves les femmes fatigantes ?

– Fatigantes et impossibles à contenter. Paola fait exception. Elle n'en revient pas que je lui aie prêté attention.

– Elle t'aime. Les femmes ont besoin d'idolâtrer l'élu de leur cœur.

– Je l'aime aussi. Tranquillement. Paisiblement. Avec Myriam, avec Greta, j'étais sur le qui-vive. J'avais peur qu'elles me quittent. Elles m'ont quitté, d'ailleurs. Je ne veux plus vivre ça.

– Tu as bien raison. Il vaut mieux s'épanouir dans

l'amour, que d'être sur la corde. Quand on est très amoureux, on perd un peu la boule. C'est cela que tu me dis. Tu es moins amoureux de Paola, mais tu l'aimes. C'est un gage de réussite.

– C'est quoi la réussite d'un couple ?

– Bonne question. Que cherche-t-on ? Comment se choisit-on ? Pourquoi se quitte-t-on ? La réponse n'est pas unique. Il y a des milliers de réponses, des centaines de milliers. Autant que de tentatives. Au cours de sa propre vie, on répond différemment selon la conscience qu'on a de ses chances, de son rôle. C'est un kaléidoscope infini. Ce n'est pas très rassurant, ce que je te dis. Tu préférerais une bonne réponse bien carrée, bien universelle. Hélas, mon chéri, le champ des possibles s'agrandit, et les réponses se compliquent en conséquence. C'est une loi des probabilités. Je n'y peux rien. Si tu t'adresses à une diseuse de bonne aventure, à une vendeuse d'espoir, tu auras des affirmations bon marché, mais moi, je ne peux pas te berner, te peindre l'existence sous un jour simpliste, pour te soulager, pour t'enlever la peur d'être un homme. Je ne sais pas faire cela, c'est sans doute ce que tu me reproches, une *mamma* devrait panser tes blessures au lieu d'aiguiser tes inquiétudes. Je suis en dessous de tout, je suis nulle, pardonne-moi.

– Tu n'es pas nulle. Tu es une femme qui n'a renoncé à rien. Ni à être mère, ni à être une amante, ni à s'exprimer pour la collectivité. Comme un phare de pleine mer, ton faisceau lumineux arrose trois cent soixante degrés. Par moments, on est dans l'ombre, tu nous éclaires par intermittence. Tu n'es pas là tout le temps.

– Ton image est jolie, cruelle mais parfaite. J'y penserai. Mais dis-moi, tu as l'intention de te marier ? C'est sérieux ?

– Peut-être. On va acheter un appartement. Tu as dit que tu m'aiderais...

18

– As-tu pris ton billet de train ?

– Non. Pas encore.

Benoît et moi mangeons des rigatonis aux aubergines, en silence. Je réattaque :

– Qu'est-ce que tu attends ? Qu'il n'y ait plus de place ? Tu sais comment sont les TGV en période de fêtes.

– Oui, oui. Je m'en occuperai demain.

– Tu es l'homme du lendemain. Toujours demain.

– J'ai d'autres soucis à régler en ce moment. Ne me harcèle pas.

– Je ne te harcèle pas. Seulement ce sera comme l'été dernier, pour la Biennale de Venise. Tu avais tellement attendu qu'on n'a plus eu de places. On n'y est pas allés.

– Ce n'est pas dramatique. Pour revoir toujours les mêmes têtes.

Je le ressers. Je me ressers. Les mâchoires serrées. Sa mauvaise foi me fait bouillir.

– Cette fois-ci, on ne peut pas rater le réveillon que Roland organise pratiquement pour nous.

– Pour toi. De moi, il s'en fout.

– Je répète : pour nous. Il nous aime ensemble. Tous, là-bas, nous aiment ensemble. Tu ne peux pas dire le contraire.

– Moi, pour finir l'année, je préférerais me coucher.

– Tu ne manques pas d'air ! Tu me charges d'organiser ce dîner, on en parle depuis des semaines, et maintenant tu me sors que tu veux aller te coucher ? Tu fais ce que tu veux, mais moi, j'irai. Ce sera charmant, comme toutes les soirées qu'organise Roland, je pense que nous avons de la chance de l'avoir comme voisin.

– Voisin... Quarante-cinq kilomètres de petites routes. Dans la nuit.

– Le département est grand. À la campagne, quarante-cinq bornes, ce n'est rien.

– Quarante-cinq aller, quarante-cinq retour. On n'est pas au lit avant deux heures du matin.

– C'est une fois par an, la Saint-Sylvestre, on ne peut pas se coucher avec les poules tous les soirs !

– On attend interminablement ces maudits douze coups, on boit trop, les fumeurs sortent leurs cigares...

– Écoute, il est toujours temps, dis-le-moi et je décommande tout. Ce n'est pas difficile.

– Mais non, mais non. Je vois bien que tu as envie d'y aller.

– Je me réjouissais de danser avec toi, c'est vrai.

– Tu m'as dit que je ne danse pas le rock comme toi...

– Je t'ai dit que j'avais été une danseuse de be-bop, il y a un temps de plus que dans le rock. Je m'adapte très bien à ta façon de danser, il me semble.

– Quand tu dansais le be-bop, dans tes caves enfumées, je n'étais pas né...

– Qu'as-tu, ce soir ? Tu me cherches des poux dans la tête depuis tout à l'heure.

– Pas du tout. On se parle, c'est tout.

– À travers un prisme négatif. Je ne te plais pas, en ce moment. Tu te poses des questions ? Tu fais marche arrière ? Tu peux parler, tu sais. Nous n'avons aucune raison de nous cacher des choses. Notre... notre... union est née sous les auspices de la limpidité. Je peux tout entendre.

– Je crois que je vais rester à Paris. J'ai une foule de trucs à faire, mon catalogue, mes dessins. Je ne voudrais pas interrompre ce travail pour aller faire le clown à une soirée comme une autre...

– Tu ne fais pas le clown, tu m'accompagnes à une réception, comme tu l'as fait de nombreuses fois. Si tu ne veux plus le faire, nous devons effectivement avoir une discussion.

Un silence plombe la cuisine où nous dînons. Les

assiettes, les bouteilles, le pain dans sa corbeille sont soudain figés comme les objets d'une nature morte.

– J'ai rencontré mon ex-compagne dans la rue. Nous avons pris un café.

– Nous y voilà. Je savais bien qu'il s'était passé quelque chose.

Un silence.

– Quel effet ça t'a fait ?

– Bizarre. Pas agréable. Nous étions gênés.

– Elle n'a rien à te reprocher. Tu n'as pas accepté ce qu'elle te demandait, ce n'est pas une offense.

– Les femmes de cet âge veulent le mariage, à un moment ou l'autre. Elle voulait un enfant, avant qu'il ne soit trop tard.

– Tu avais été clair là-dessus. Elle a tenté un coup de force, c'était maladroit.

– Les femmes doivent violer les hommes quelquefois.

– Tu regrettes ?

– Je ne sais pas. Il est certain que ma vie aurait été complètement différente.

– Tu l'as trouvée aussi jolie qu'avant ?

– Elle a une autre expression. C'est dramatique, ce que les femmes se font dans le visage.

– Tu la vois autrement. Tu es plus lucide.

– Je suis toujours lucide. Tu me le reproches assez...

– Je ne te reproche rien. Tu es un homme qui se contrôle, c'est une qualité. Mais qui se bloque aussi, et qui se censure. Pour résister à l'émotion, tu n'as vu que ses rides effacées.

– J'aime les rides. Elles en disent plus long que les mots.

– Certaines rides durcissent, donnent l'air méchant.

– C'est la peur de vieillir qui donne l'air aigri. On nous prive des beaux visages plissés, comme ceux que modelait le temps.

– Tu vénérais ta grand-mère, je le sais. L'as-tu jamais vue en objet de désir ? Je ne crois pas. Aujourd'hui, nous voulons éveiller le désir le plus longtemps possible. Il y va de notre équilibre psychologique.

– Une femme est désirable à n'importe quel âge, pourvu qu'elle soit elle-même.

– C'est quoi, « être soi-même » ? Ça ne veut rien dire. Je m'étonne, toi si à cheval sur l'exactitude du langage.

– Je te l'accorde, c'est une locution bateau, un peu galvaudée. Je veux dire : une femme qui a du respect pour elle-même. Qui n'essaye pas d'être une autre.

– On est dopées par le désir de plaire. Toutes les femmes ne sont pas douées pour y parvenir. Et toutes ne maîtrisent pas l'art de savoir s'arranger. On a vu des femmes artistes qui s'habillent très mal. Qui ne se connaissent pas. Il faut être indulgent.

– Je ne suis pas indulgent. Tous les signes servent à dévoiler une personne.

– Tu es très sévère sur les soins esthétiques... Tu en veux aux femmes qui y ont recours.

– Beaucoup. Pour moi, c'est une sorte de trahison. On tend un visage que je n'ai pas choisi par-dessus le visage que je connaissais. C'est impardonnable.

– Le vieillissement tord les traits à sa guise. Ce n'est pas plus joyeux.

– C'est naturel. On a des repères. Le Greco, Egon Schiele et Rembrandt n'ont peint que des visages décharnés, à vif. Le but à atteindre est l'humain. Humain, trop humain...

– L'humain est dans l'espoir d'éternité, de Faust à ces malheureux du Temple solaire.

– Tu vois où ça conduit.

– Bref, elle t'a déçu. Et du coup tu me sanctionnes. Méfiance, méfiance. Fais ce que tu veux, je ne te supplierai pas. Mais je ne modifierai pas mes plans. Va où tu veux, mais je suis triste, je n'ai pas deviné ce qui te ferait plaisir, je me suis plantée, et je suis lourde, il faut que je me corrige. J'ai encore un attachement stupide et superstitieux à la dernière soirée de l'année, tu as raison, ce n'est qu'une soirée...

– Je viendrai.

– Ah non ! Ne viens pas. Dans ma tête, c'est enregistré. Nous ne fêterons pas le Nouvel An ensemble.

– Tu vois comme tu es grandiloquente. Comment veux-tu que je réagisse ? Je vais céder, comme d'habitude.

– Comme d'habitude ! C'est le pompon. Je suis une despote qui t'entraîne dans d'éprouvantes corvées ! Tu ne songes pas à ce qui *me* ferait plaisir.

– Il est hasardeux de s'aventurer sur le terrain du plaisir, avec toi. Tu es une femme gâtée qui a tout vu, tout fait.

– Finissons. Tu vas prononcer l'irréparable. S'il y a une bribe d'amitié entre nous, ne la piétinons pas.

Il se lève et va mettre son manteau posé sur la console de marbre dans l'entrée, le front fermé. Je fais quelques rangements dans la cuisine pour tarder à le rejoindre.

Sur le pas de la porte, je lance :

– Pourquoi es-tu avec moi ?

Il arrête d'enfiler son gant et répond posément :

– Parce que je t'aime.

– Un peu sommaire...

– Tu trouves ? Tu connais beaucoup d'hommes qui peuvent dire à une femme : « Je t'aime » ? Qui le lui disent ? Qui le lui répètent ?

– Pardonne-moi. Je suis une ingrate. Tu es rare.

– Rare, je n'en sais rien. Je suis à ma place, c'est plus intéressant. Je suis un égoïste, comme tu l'insinues souvent, très souvent. N'est-ce pas une garantie que ma présence près de toi est sincère, voulue ? Je ne désire pas être ailleurs. Dès nos premières entrevues, j'ai compris que tu étais la femme que je voulais. J'avais été échaudé par une rupture, un chagrin et une déception. Je ne cherchais rien. Le triomphe de ceux qui n'avaient pas parié sur le couple que je formais avec cette fille m'a dégoûté. Les hommes sont orgueilleux, il ne faut pas les humilier. Je ne cherchais pas, mais il faut croire qu'on ne cesse de chercher, une force vitale nous fait regarder les femmes. J'ai toujours eu l'intuition qu'un jour je rencontrerais celle qui remplirait mon attente, mes exigences. Dès que je t'ai vue, j'ai su que c'était toi. Je ne me suis plus inquiété. J'ai mille critiques à te faire, tes façons et tes rythmes ne sont pas du tout les miens, mais c'est sans importance, c'est du détail. J'ai trouvé en toi ce qui me manquait pour devenir un humain complet. Un homme. Tu m'as dit un jour que mes défauts t'arrangeaient. Les tiens ne me désolent pas. C'est notre solidité. Nous avons tant de choses à faire, maintenant. Tout commence.

Il baisse la voix. Nous nous regardons, immobiles. Je souffle, la gorge serrée :

– C'est merveilleux. Pour toi, pour moi. Pour la première fois de ma vie, j'ai peur d'être quittée. Je tremble que tu me quittes. Est-ce que tu me quitteras ?

– Peut-être. J'espère que non.

– Tu peux l'envisager ?

– Je peux tout envisager. Je suis un pessimiste. Non, je suis un réaliste qui prévoit le pire.

– Et moi, tu estimes que je suis une inconsciente optimiste ?

– Quelque chose comme ça. Jusqu'à présent, ça t'a réussi. Mais ce système ne vaut que pour toi.

– Chaque fois que j'ai essayé de l'appliquer aux autres, je me suis cassé la figure. C'est mon drame, n'est-ce pas ? La cause de ma cavale sans fin. Quand tu partiras, ce sera le bout. Je me mettrai au clou, au placard. Je ne nuirai plus. Je m'en irai dans la montagne, crever comme les vieilles femmes de certaines tribus africaines.

– Je partirai avec toi. Nous ferons l'amour sous les baobabs.

Il s'approche de moi. Nous sourions, nous nous désirons. Il soulève ma jupe sans ambages, il m'enveloppe de son manteau, et il me prend, debout dans l'entrée, contre la bibliothèque.

19

– VOILÀ. Je t'en ai rapporté autant que j'ai pu.

– Ne sois pas trop fière de toi. Tu as mis du temps.

– Ces messieurs étaient éparpillés dans le monde. J'ai eu une certaine chance de les retrouver. J'ai même fait parler un mort.

– À ceux-là on fait dire ce qu'on veut.

– La veuve, peut-être. Pas moi. Nous avons fait un pas vers la vérité toutes les deux. Quel usage elle en fera, je l'ignore.

– Tout le monde aspire à la vérité, même les plus récalcitrants, dit-elle.

– Moi, j'ai entrepris ce douloureux chemin de croix pour toi.

– Pas si douloureux. Tu as savouré quelques petites vengeances.

– Pardonne ma faiblesse. Toi, bien sûr, tu es beaucoup trop noble pour de si vaines satisfactions.

– Je ne t'ai rien reproché, mais tu ne t'es pas montrée grande dame dans toutes les situations, fait-elle.

– Premièrement, j'avais du mal à les faire parler. Ils espéraient vaguement que je les courtise, ou que j'exprime des regrets. Ma démarche les a étonnés.

– Mais ils s'y sont prêtés. Ce n'est jamais fini, entre un homme et une femme. Je te l'avais prédit.

– Les mises au point remettent les compteurs à zéro, quand même.

– On gèle la macération, pendant un temps. Puis elle repart. C'est l'essence de la vie moléculaire. Pourquoi voudrais-tu que les relations amoureuses soient épargnées ?

Nous nous regardons sans clémence. Elle, c'est moi. Moi, c'est elle. Dans le miroir, nous sommes semblables, mais nous différons profondément. J'agis, elle regarde. Elle est mon reflet. Ou je suis le sien. Je suis le corps, elle est la conscience. Elle me guide, elle me persécute, mais elle est impuissante sans moi. Je l'alimente chaque jour de mes faits et gestes, elle me scrute jusqu'au fond de l'âme, et elle m'énerve. Elle est dure et sans humour. Elle ne me félicite jamais. Je la redoute. Je passe plusieurs jours sans lui parler, parfois. Je réponds craintivement :

– Tu dois reconnaître que je n'ai pas chômé.

– Ce n'est pas fini. Tu dois établir un bilan. Te recentrer, une fois de plus. Sinon tout ce remue-ménage n'aura servi à rien.

Elle est impitoyable. Elle est ma jumelle, mon autre goutte d'eau, et pourtant je suis séparée d'elle, au-delà de la surface froide du verre. Elle est là-bas, à une distance infranchissable. Quand je m'éloigne, elle s'éloigne deux fois plus, elle ne cesse de me regarder, de me singer, de me narguer. Je n'ai pas de sentiment pour elle, j'ai un attachement opiniâtre, qui remonte à ma tendre enfance, quand je l'ai vue pour la première fois dans les grandes armoires de la chambre à coucher de maman. Je ne voyais que sa tête et les épaules, la glace était fixée sur la porte et ne descendait pas jusqu'en bas. Je l'observais longuement, il paraît que tous les petits enfants font cela. Ils se mesurent à leur image, à la reproduction d'eux-mêmes qui ne cessera plus jamais de les suivre. Je me regardais. Je la regardais. J'avais remarqué que nous étions tous dédoublés ainsi. Quelquefois je m'adressais à ma deuxième maman, celle du miroir. Elle se coiffait en me parlant, et je vérifiais ce que j'avais constaté sur moi-même : elle était la même, mais elle était une autre, elle avait parfois des expressions bizarres, comme celles qu'on prend chez le photographe, ou devant une personne qu'on ne connaît pas. Elles semblaient échanger de grands secrets. Depuis, je ne plaisante pas avec les miroirs. J'entretiens un dialogue avec ma réflexion.

– Je t'ai empêché de faire bien des sottises, dit-elle avec un sourire en coin.

– Mais tu m'as aussi laissée plonger dans de drôles d'affaires.

– Tu ne m'écoutes pas toujours. Et tu m'évites, la plupart du temps.

– Là, je t'ai ramené un butin non négligeable. Tu es contente ?

– Chacun son rôle. À l'ordre du jour : ton enquête. Comment te sens-tu ?

– Partagée. Je suis contente d'avoir entendu tout ce que j'ai entendu. De la part de certains, je m'y attendais. D'autres, pas du tout. D'un autre côté, des culpabilités se sont réveillées en moi, des peines. On m'a mis le nez dans mes turpitudes, mes précipitations. J'aurais pu les éviter.

– C'est ton caractère, tu es expéditive. L'avantage, c'est que tu n'es pas rancunière.

– Aucun homme ne m'a reconnu cela. Ni ceux qui m'ont regrettée, ni ceux qui m'accusent. Ils ont une sacrée faculté à passer à autre chose.

– Toi aussi. Tes détracteurs disent que tu te comportes comme un homme, justement.

– Les femmes d'aujourd'hui piochent dans tous les registres. Pourquoi seraient-elles abonnées à un seul ? On a emprunté aux hommes leur habillement, leur langage, leurs manières. Il faut croire qu'ils étaient plus commodes.

– Sois franche, tu as de la nostalgie pour la réserve des Japonaises traditionnelles derrière leurs éventails.

– C'est esthétique. À la maison, on peut s'amuser à rétablir des féminités d'antan. Tu veux que je te déguise en geisha, un jour ?

– Je veux que tu ne me fasses pas perdre de temps. Il court, le temps.

– C'est ton cheval de bataille. Tu guettes le temps qui passe. On dirait que ça te grise.

– La vérité grise. Elle éblouit.

– La vérité n'est pas seulement de ton côté. Dans mes contradictions se cache une autre vérité. L'impulsion de l'action. La réplique qui fuse. La maladresse révèle aussi des éclats de vérité, la fameuse qui « n'est pas bonne à dire », selon les codes de la morale courante. Je me coltine les sales besognes. J'échangerais bien nos positions, de temps en temps.

– Je suis toi. La meilleure partie de toi. Celle qui te relie au désir de vérité.

– C'est une obsession ! Il faut que tu élèves le débat, c'est plus fort que toi. C'est pour cela que je te boude, par moments, espèce de Grand Commandeur ! Je suis une pauvre mortelle, j'ai besoin de futilité et de divertissement.

– Tu me dois l'écriture, cependant. Ne dis pas que ça n'a pas enrichi ta vie.

– En somme, je te dois tout. Même les mots que je sors de mes tripes devant mon ordinateur. J'en ai bavé, ma chère. Tu t'en fous complètement.

– Allons au but. Qu'as-tu découvert ? Quelle est ta conclusion ? J'ai hâte de t'entendre.

Je remplis mes poumons d'air, je me renverse sur le dossier de la chaise, et je la regarde droit dans les yeux, dans le grand miroir du placard. La lampe m'éclaire par-derrière, je la vois à contre-jour, touchante et implorante pour une fois. Une douceur m'envahit. Nous allons nous retrouver, nous aimer, dans une étroite intimité, joviale et féconde. Je donnerais n'importe quoi pour ces instants-là, ce sont des cadeaux, la récompense de tous mes actes.

– J'ai compris que personne ne s'attend à la dangerosité de l'amour. On y fonce tête baissée, confiants et naïfs. Les intentions sont magnifiques de tous les côtés, chacun espère réparer les traumatismes précédents dans l'amour suivant, les hommes veulent trouver la perle rare qui surpassera leur mère, les femmes veulent s'enrôler auprès d'un héros qu'elles admireront, et qui sera, lui aussi, plus royal que leur père. Les hommes veulent bluffer leurs copains et montrer qu'ils ont la meilleure, les femmes veulent épater leurs copines et susciter leur jalousie. On déverse sur l'autre des demandes colossales, on s'émerveille des guérisons miracles, des stimuli que procure l'amour. On pense qu'il va résoudre tous les problèmes, aplanir toutes les différences. On abuse de ses vertus. On le charge comme un baudet. Quand il s'agenouille, exténué, on l'engueule, on le fustige. Quoi ? N'est-il pas surnaturel, magique ? Il doit se relever, vaillant et fort comme au premier jour. On s'était fié à lui, corps et âme, on lui avait fait confiance, comme à une nouvelle médecine. On a eu les preuves de ses bienfaits, on a surmonté des crises qui paraissaient insoignables. Pourquoi tout à coup nous lâche-t-il ? Mais il nous lâche. Les vices apparaissent, la grâce s'envole. Il s'alourdit, comme un bateau qui prend l'eau, on tarde à admettre qu'il coule, qu'il faut arrêter, que ce n'est pas viable, qu'il va être submergé par les flots. Ici se divisent les comportements. Les grands amoureux préfèrent périr avec leur amour, les pragmatiques ont quitté le navire depuis longtemps. Les braves, les simples, les honnêtes, la majorité, rament en se désespérant. Ils s'en remettent au sort, ils consultent ceux qui ont vécu la même chose, alors que les situations sont toutes différentes, qu'il n'existe aucune solution standard. On devient la proie des études socio-psychologiques, des conseils populaires, religieux. On croit qu'on est malade, braque, on se décrète un cas, une exception, alors que rien ne nous unit davantage entre humains que l'amour qui s'en va. Tous à la même enseigne, tous malheureux, vexés de n'avoir pas battu le record de longévité. Autour de nous pointent les critiques, les jugements à l'emporte-pièce. Tout le monde se mêle de vouloir ranimer un amour qui s'éteint. Tu me demandes quelle conclusion j'en tire ? Je te réponds prudemment, en soupesant les mots. Ce qui compte, c'est de vivre. De survivre. Ne pas mourir. Continuer à vivre. Mieux qu'avant. Le plus près possible de ses rêves. Les conserver, ne pas les oublier, y croire, dur comme fer. Avant. Pendant. Et après. Pas question de se refuser à l'amour, pas question de se protéger de lui. Il a pour attribution de nous envahir. Mais c'est une illusion, il n'est pas en dehors de nous, il est notre œuvre, notre trouvaille pour exalter la vie, nous sommes maîtres de lui, on le laisse s'ébattre, occuper tous les recoins de notre volonté, mais il nous appartient, d'un coup de sifflet il doit revenir dans sa niche, notre cœur. L'autre n'y est pour rien, il n'est ni coupable ni providentiel. On dit bien « l'objet de notre amour ». On l'a recruté sans scrupules, pour apaiser une soif personnelle. La soif d'aimer. D'être aimé. On traque tous les signaux qui le confirment. Suis-je aimé ? Est-ce que j'aime ? On guette les fluctuations de l'amour comme si on les subissait, alors que tout est en nous, le bien, le mal, la joie, la tristesse. Et la liberté. Quand on se quitte, on ne quitte pas l'autre, on quitte une idée de soi pour une autre idée de soi. On va vers un avenir, un potentiel réel ou imaginaire. On veut changer de peau, changer de vie, rendre justice à un rêve inassouvi plus vital que la vie elle-même. L'amour est une énergie créatrice qui ne vient ni d'en haut, ni d'en bas, ni de l'autre. Elle vient de nous-mêmes. Chacun en est doté, chacun s'escrime comme il peut, avec ses armes. Quand cette énergie se tarit, l'amour meurt.

Mais le temps panse nos blessures, on se régénère, on se fortifie et l'amour renaît, parce qu'il ne disparaît pas, dans la nature rien ne disparaît, il est là, quelque part, il flotte en nous comme le pollen, prompt à refleurir à nouveau, tant que nous sommes vivants. Voilà ce que j'ai compris. Je suis vivante. Les hommes que j'ai aimés sont vivants. Ils m'ont empaquetée dans leur mémoire, à leur manière. Tant mieux. Ils en avaient le droit. Que certains n'aient pas envie de rouvrir les tiroirs du passé, c'est aussi leur droit. Mais on n'échappe pas au passé. Le passé est une galerie des glaces où les espérances et les passions se répondent à l'infini. On ne peut pas interrompre leur écho. Nous sommes voués à prolonger la résonance. Aimer encore et encore. Perpétuer l'amour, qui est la vraie signature d'une vie. Répéter les mots, les paroles d'un chant qui ne finit jamais.

DU MÊME AUTEUR

Aux Éditions Albin Michel

LOVE, BABA.

PATATI ET PATATA, TROIS PETITS TOURS ET PUIS ÇA VA.

BIOGRAPHIE D'UN SEXE ORDINAIRE.

SI JE VOUS DISAIS.

Composition IGS
Impression : Imprimerie Floch, août 2004
Éditions Albin Michel
22, rue Huyghens, 75014 Paris
www.albin-michel.fr

ISBN 2-226-15401-9
N° d'édition : 22600. – N° d'impression : 60516
Dépôt légal : septembre 2004.
Imprimé en France.